JN325780

信玄、西上す

◆目　次

信玄、西上す

遠江侵攻

元亀三年（一五七二）十月、兵越、青崩の両峠を越え、晩秋から初冬に移り変わりつつある遠江の地に、武田信玄は二万の軍勢を率いて侵攻した。信玄は、織田信長を倒し天下に覇をとなえるべく上洛を目指し、峻嶮な赤石山地を踏破して、今、信濃と遠江の国境を侵した。

峠を越えたところで、武田軍は遠江犬居の城主天野宮内右衛門景貫に迎えられた。

天野景貫は元々、駿河、遠江に勢力をはっていた今川氏の重臣であり、今川義元に従い尾張、三河に出陣したこともある。義元が、上洛と噂された尾張方面への軍事行動の途中、桶狭間で織田信長の奇襲に遭い討ち取られた後、景貫は一度は徳川家康に従属の意思を表したこともあるが、結局は数年前甲斐の武田信玄に款を通じた。

今川義元の死後、その領国の駿河は武田信玄の手中に入り、遠江は徳川家康が獲得した。上洛の野望をもつ信玄は、その足がかりに遠江の奪取に動いた。今や遠江は信玄と家康双方の角逐の場となっていた。

それはすでに四年前の永禄十一年（一五六八）十二月に始まった。その年武田信玄は駿河に攻め入って、今川義元の子今川氏真を駿府から追い出した。

それ以前には、信玄と氏真、それに相模の北条氏康、この三者は「甲相駿三国同盟」と呼ばれる同盟を結んでいた。それに氏真の妹は信玄の嫡男であった武田義信の嫁となっていた。信玄が駿河に攻め入った時には既に、義信は信玄に謀反を企てたとして幽閉され、自害していた。そして氏真の妹は駿府に送り返されていた。実質的には武田と今川の間の同盟は破棄されていた。

信玄により駿河を奪われた氏真は、遠江の東部にある掛川城にやっとのことで逃げ込んだ。信玄の駿河侵攻と同時に、三河の徳川家康は西部から遠江に攻め込み、途中を平定しながら、氏真の逃げ込んだ掛川城を囲んだ。これは信玄と家康の間の盟約による。すなわち、信玄は駿河を、家康は遠江を、互いに協力して今川家から奪い取るという。

ところが、掛川城攻囲中の徳川軍の背後を脅かすように、武田の部将秋山伯耆守信友が信濃から遠江の北部を通り中部方面に侵入してきた。そして見附では徳川の兵を打ち破り、地侍たちに武田への誘降工作を行った。明らかに信玄と家康の間の盟約を破る行為であった。この時は、家康が信玄に抗議をしたこともあり、信友に率いられる武田軍は、それ以上何をすることもなく遠江から引き揚げていった。この侵入は天野景貫の手引きによるものであった。

天野景貫は遠江平定の一つの鍵であった。家臣として今川家に占めた位置により、景貫は遠江、特に北部地方、の地侍や土豪たちに大きな影響力を持っていた。そのため信玄も家康も何とか景貫を味方に引き入れようとしきりに誘っていた。今や、その景貫が武田に従属し、武田による遠江占領の尖兵として、地侍や土豪たちに武田に服従するように盛んに工作を進めていた。

天野景貫の案内で武田軍は、もはや紅葉も盛りを過ぎくすんだ色をしている嶮しい山路を、初めは天竜川の支流水窪川に、それからその本流に沿って南下し、秋葉山にさしかかった。

ここには秋葉山秋葉寺がある。ここは本来熊野系統の修験道の寺であり、本尊とともに秋葉山三尺坊大権現が祀られている。三尺坊大権現は霊威験力を持つ天狗として信仰を集めている。特に、火防の霊験あらたかとして知られている。

秋葉寺の別当叶坊光幡は、徳川家康が遠江に進攻した際に、いち早く徳川に帰属した。光幡は、天野景貫を徳川に帰順させるために工作をし、一時は景貫に従属の意思を表明させたこともある。最終的には景貫は武田に従属し、光幡は裏切られたことになる。さらには家康の使僧として光幡は諸国に旅している。

越後栃尾にある蔵王権現堂の修験者とも光幡はつながりがあり、その縁もあって、元亀元年に徳川家康が上杉謙信と盟約を結んだ際にも、光幡は家康の使僧として働いている。この盟約のなかで、武田信玄との約定により今川の領地遠江を手に入れることができたにもかかわらず、信玄との手切れを家康は表明している。さらには、当時信玄と結んでいた織田信長に対し、信玄と手を切り謙信と結ぶように働きかけることを約束している。明らかにこれは信玄に対する家康の敵対宣言である。そのためこの徳川と上杉の盟約は、信玄による遠江侵攻の決定的要因となった。

そこで、叶坊光幡と彼の率いる修験者たちは、徳川の対武田工作において重要な役割を演じていた。民衆の信仰心に訴えるように、修験者たちは秋葉山三尺坊大権現の名でもって民衆に宣伝工作をしていた。武田信玄という男は自分の父親を追い出して国を乗っ取り、隣国の駿河を奪い取るために自分の子を殺した、と。自らの目的のためには、親兄弟、子供をも殺害するような非道なことを平然と行う忍人である、と。こうしたことを修験者たちは民衆に説いて回った。

犬居城は秋葉山の麓にある。天野景貫の家臣、領民の多くは三尺坊大権現を信仰していた。そうした人々に修験者たちの宣伝が広まっていった。家臣や領民のなかに動揺が起き、波紋が広がっていった。信玄と結んだ景貫に不信の念を抱き、非難のまなざしを向ける者がでてきた。家臣の団結にひびが生じてきた。こうなってきては、遠江の北部から中部地方に勢力を広げようという景貫の野望を実現するのは困難な情勢になりつつあった。まさに、秋葉寺は景貫にとって獅子心中の虫であった。勢力を拡大しようという景貫の工作に対して妨害を加えるだけでなく、景貫の領内経営にも支障が生じてきた。

信玄や景貫にとって、明らかに秋葉寺は排除すべき対象であった。信玄は全軍に秋葉寺の焼き討ちを命じた。襲いかかる二万の大軍に対して修験者たちは抗する術もなかった。全山はたちまちのうちに火炎に包まれ、伽藍は灰燼に帰し、多くの修験者寺僧らが殺害された。ただ不思議なことに、本殿本堂は焼け残ったという。

その後、叶坊光幡は景貫が北部遠江地方を支配している間は秋葉山に戻ることができず、寺は廃れた。信玄の死後、徳川家康が犬居城を攻撃して景貫を甲斐に追い出した後、光幡は家康の援助により秋葉寺を再興した。そのとき秋葉寺は曹洞宗に宗旨替えをしたが、修験道とも縁を切らず、特に徳川の時代になってからは火防鎮護の霊威が盛んに喧伝されるようになった。

秋葉寺を焼き討ちした後、武田信玄はその軍団の将兵二万とともに犬居城に入った。

武田信玄とその軍団が信濃との国境にある峠を越えて遠江に現れたという報せは、稲妻となってこの地の人々を撃った。すでにしばらく前から、武田軍が侵略してくるかもしれないという恐れが暗雲となって人々を覆っていた。その恐れが現実となった。この恐怖心は、六万いや十万の軍勢が攻め込んできたという風説として現れた。

草木の枯れかかった山野に鐘の音がごーんごーんと重苦しく響いてきた。天方城からの非常呼集の鐘であった。山内左馬允通義はその音を耳にするや雷に撃たれたかのように感じた。自分の立っている足場が消えてなくなり、暗闇の中を浮かび漂いだしたような感覚を持った。風に吹かれてどこともなく飛ばされていくような不安感があった。

天方城は、赤石山地内にある犬居から南十五キロほどのところにあり、山地が切れて平野部に移る付け根に位置する。その南に広がる平野は、平野とはいっても、赤石山地から出張ってきた数十メートル程度の高さの丘陵や台地が散在していて、平坦な地ではなかった。

天方城には、二百人位の将兵がおり、その城主は天方山城守通興であった。山内通義は通興の有力な家臣であり、元々は同じ一族の出であった。天方一族は天方の南四キロほどの飯田の山内氏から出た支族で、通義もその流れをくんでいた。

天方通興は、天野景貫と同様に、今川氏の重臣として天方城を預かっていた。永禄十二年(一五六九)、掛川城に篭もっていた今川氏真が降伏し駿河、遠江から追放された後、天方城も徳川の軍勢に囲まれた。通興はただちに開城し、徳川家康に降った。家康は通興の所領を安堵し、通興をそのまま天方城に置いた。飯田の山内氏は徳川軍に抵抗し、全滅させられた。犬居の天野景貫が武田方についたため、天方城は武田と徳川の抗争の最前線に立たされることになった。これまでは、通興と景貫との間にはわずかな小競合いはあったが、大きな武力による争いはなかった。互いに相手を味方につけようと、外交上の駆け引きと宣伝による撹乱工作が行われていた。

天方城内では、城主の天方山城守通興とその子通綱を中心に、急を聞いて駈けつけた三十人ばかりの侍が思い思いに話をしていた。ある侍は思いつめた顔つきをし、別のものは途方にくれた表情をしていた。また、ある者は激して大声でまくしたて、別の者はぼそぼそと聞こえるか聞こえないほどの声で喋っていた。その席は騒然としているようで、それにもかかわらず重苦しい空気が垂れ込めていた。そのなかに山内通義も沈鬱な顔つきでひっそりと座っていた。

話の行き着く先は、武田に降るか、武田と戦うか、それとも別の手はないかであった。これまでも何度も何度も繰り返されてきた話であった。しかし、今や時間は残されていない。

老年期にさしかかった天方通興は土壇場にたたされていた。決断を間違うとその先は破滅であった。しかし誰にも確固とした見通しはなかった。白髪混じりの頭を回してそこに集まっている家臣たちを見渡しながら、疲労と焦慮のみえる表情で通興は口を開いた。

「犬居の天野景貫からは、武田に味方すれば知行を安堵するといってきている」

「それは信用できるのか。犬居の勝手な考えではないか。我らに手をつかせれば手柄になるからな。その後で我らがどうなろうと犬居の知ったことではないからな。武田がその約束を守るのか。いざとなったら、そんなことは知らないといわないか」

と一人の侍が聞いた。

「信用してもよいだろう。犬居だけの考えではそこまでは言えぬ。おそらく信玄の指図だと思う。これからのことを思えば約束は守るさ。そうでないと、誰も武田を信用しなくなるからな」

別の侍が通興に尋ねた。

「徳川からは何と言ってきています」

「浜松の城に入れと言ってきている。無駄な戦いはするなということだろう」

と通興は答えた。すると、

「徳川にとっては、少しでも多くの兵が必要だからな」

という声が聞こえた。

「問題はどちらが勝つかだ」

と一人がつぶやくと、

「武田に決まっているだろう」

と叩きつけるように叫ぶ者がいた。それを聞いて、何人かが我が意を得たとばかりに大きく頷いた。

別の侍から声がした。

「そうとばかり言えまい。徳川も侮れぬぞ。先年、遠江に攻め込んできたときの手並みを覚えているだろう」

「あれは氏真がだらしなかったからさ。あのような主君では、我らとても命をかけてまで戦おうという気がおこらなかった」

「そうだ。あの時も武田の秋山信友が攻め込んできたら、徳川は手も足も出なかったではないか」

「否、そうではないぞ。あの時、徳川の本体は掛川城を囲んでいたからな。いわば虚を突かれた形になったからだ」

「今度は信玄自らが出てきた。武田軍の本体が相手だ。あの無敵といわれる騎馬隊が。しかもあの時は三千の兵だったが、今度は六万というではないか」

低く抑えているが、はっきりした声が聞こえてきた。

「信用できるか、武田を。徳川が滅ぶまではよいだろう。しかしその後はどうなる。我らは、徳川を滅亡させるための道具として使われるのではないか」

「そうだ。信玄は非情な男だ。おのれの野望を成し遂げるためには、肉親や息子を犠牲にしても恬として恥じない男だ」

「秋葉の権現様が焼かれたそうな。信玄には神も仏もないのだろう」

「我らなどは、信玄にとってはおのれの野望を実現するために自由にできる手駒に過ぎないのだ。我らの命などは眼中にないのだ」

「武田に残っても、結局死しかない」

これらに対し、

「武田に手向かえばそれこそ容赦はない。死ぬしかないだろう。従った方がまだしも生きる機会はある」

と異を唱える者がいた。そして、

「その通りだ」

と、それに和する者がいた。

「非情なのは徳川とて同じではないか。飯田の山内を見よ。皆殺しにされたではないか。結局のところ、徳川の意に添わぬ者、従わぬ者は皆討たれてしまう」

と言葉を叩きつける者がいた。

「おまけに徳川に勝ち目はない」

と若い侍が断言した。

山内通義はそうしたやりとりを聞いていて、三年半ほど前の徳川による飯田城攻めを思い起こした。それは思い起こすたびに、通義にとって何ともやりきれない思いがし、やり場のない怒りがこみあげてくるのだった。できれば触れたくない傷であった。

徳川が遠江に侵攻し、武田に追われて駿河から逃げ込んできた今川氏真を掛川城に包囲したとき、氏真に頼りなさを感じ失望していた土豪や地侍の多くが抵抗らしい抵抗もせずに徳川に従った。この時天野景貫は、叶坊光幡の仲立ちで家康に服属の意思を表したが、その後すぐに武田にはしった。徳川への服従の意を明らかにしない去就不明の土豪や地侍もいくらかいた。その中に天方通興と飯田城の山内大和守通泰がいる。彼らは城や砦に篭もり、徳川軍の動きをじっと息を殺して見詰めていた。

徳川家康は掛川城を開城させ、今川氏真を相模に追放し、石川日向守家成を掛川城に入れて城番とした。その後で、家康は徳川に従おうとしない今川の家臣の討伐にかかった。徳川勢はたいした抵抗を受けることなく、次から次へと攻略していった。

しかし、なかには頑強な抵抗をしたものもいた。各輪城の各輪三郎兵衛元達がそれである。元達は今川氏の支流で、今川了俊の末裔である。徳川方は久野三郎佐衛門宗能、本間五郎兵衛を将として元達を攻めた。元達は降伏を拒否し、二日間にわたる激しい攻防の末自殺した。各輪城は落ちた。

そして、遠江を制圧しつつ勢いに乗った徳川の軍勢は、飯田や天方にも押し寄せてきた。

永禄十二年（一五六九）六月、徳川軍は飯田城を囲んだ。城主山内通泰は徳川に降伏するのを拒んだ。そこで徳川軍は、榊原小平太康政、大須賀五郎左衛門康高を先登として激しい攻撃を仕掛けた。通泰をはじめとした城兵もそれに対し頑強に抵抗した。小勢と見て一気に押し潰そうと押し寄せてくる敵に対し、矢を雨のように降り注いだ。その応戦の激しさに徳川勢が攻撃にためらいを見せると、城内から兵が槍や刀を手に打って出た。その死に物狂いの勢いに押され、徳川勢は浮き足立ち陣形を乱して退いた。徳川勢が城門に押し寄せ、山内勢の反撃にあい退くという攻防が、二度、三度と続けられた。そのたびに山内勢の死傷が増え、戦える兵の数が減り、最期の時が来た。山内通泰を先頭に動くことのできる全城兵が城門を開いて打って出た。徳川軍は山内勢を覆い包むようにして攻撃した。少人数の山内勢は抗すべくもなく、次々と槍で突かれ刀で切られ、通泰以下全員が討ち死にした。

飯田の山内氏が徳川に攻められ、壮烈な戦いをして全滅したという報せは、天方城の将兵にとって大きな衝撃であった。各輪城陥落などのそれまでに遠江各地からきた情報に比べてはるかに深刻であった。先に掛川城が落城し、主君たる今川氏真はすでに追放され、いなくなってしまった。天方通興をはじめとした将兵たちは戦うべき理由を見失っていた。そこに本家筋の山内勢全滅の報せが追い討ちをかけるかのように伝えられた。

徳川勢が飯田城に続いて天方城を囲んだときには、天方の城兵たちは戦意を喪失していた。何とか命だけは助かりたいという気持ちであった。徳川軍が押し寄せてくると、天方勢は弓矢でわずかばかりの抵抗を試みたが、簡単に城門を撃ち破られてしまった。たちまちのうちに、榊原康政、大須賀康高らを先登とする徳川勢に二の丸まで占拠されてしまった。そこで天方通興は徳川軍に降伏した。

これは山内通義や天方通興の心の中に複雑な波紋を投げかけた。最後まで戦わなかったことで、全滅するまで戦った飯田の山内氏に、彼らは大きな引け目を感じた。それは裏返しとなって、徳川に対する警戒心、表に表せない反感となって通義や通興の胸の奥底に残った。彼らの徳川への思い、態度を複雑かつ微妙なものにさせた。

そうした考えに囚われていた通義に、

「左馬允殿、左馬允殿」

と呼びかける声が聞こえた。それで通義はわれに帰った。

「左馬允殿、よその家中の様子をご存知ないか」

と初老の武士が通義に尋ねた。

「さて、どんなものですかな。大方は日和見を決め込んでいるようですな。勝ち馬に乗るつもりでしょう。徳川に与するのがはっきりしているのは、久野の久野宗能に匂坂の匂坂吉政あたりではないですかな」

「久野か」

と吐き捨てるように言うものがいた。

「いまさら武田につくわけにはいかんだろう。徳川の走狗となって昔の仲間を討ってきた奴が」

袋井の北にある久野城の城主久野三郎左衛門宗能は、永禄十一年（一五六八）の暮れ徳川軍が遠江に侵入したとき、徳川の家臣高力与左衛門清長の仲介で徳川に降伏した。ところがその翌年正月に、宗能の一族の久野淡路守宗益らが伯父の久野弾正忠宗政と語らって、家康に背き掛川城に篭もる今川氏真に内応しようとした。宗能は家康の助けを借りて宗政一派を討ち、宗政を追放した。宗政は武田信玄を頼り、甲斐に逃げ込んだ。そして宗能は掛川城攻囲戦に徳川方として参加し、手柄を立てた。その後、徳川の尖兵として中部遠江での掃討戦に活躍していた。宗能のようにはっきりと態度を決められず、徳川に取り入ることのできない連中にとっては、宗能は何となく面白くない妬ましい存在であった。

「匂坂の吉政も叔父を切り殺して徳川についているからな。それに一族のものが近江の姉川で手柄を立てたと聞くしな」

と言う者もいた。

匂坂の六郎五郎吉政は、徳川家康が遠江に攻め入った際に、叔父の匂坂十郎左衛門と徳川に従うかどうかについて意見を違え、あくまでも武田に服するよう主張する叔父を討ち、徳川に従属した。元亀元年（一五七〇）に徳川が織田の援軍として近江の姉川で朝倉・浅井の連合軍と戦ったとき、吉政の一族の者が朝倉の武将を討ち取り手柄を立てたといわれていた。

「二俣はどうなってるのだ」

と声がした。

山内通義は声のした方を見ながら答えた。

「二俣は二つに分かれた。松井山城守は武田につき、和泉守は徳川についた」

「なるほど苦肉の策だな。どちらが勝っても家が続くようにか。しかし一族で敵味方に分かれて戦うことになるな」

「いや、そういうことでもなさそうだぞ」

と口をはさむ者がいた。その侍は、天方の城内では特別にいろいろな情報をよく知っているものであった。

「城に登る前に聞いた話だが、和泉守も二俣城を出たという」

「どういうことだ、それは」

と通義は尋ね返した。

「武田軍が攻め込んできたと聞いて、家康はすぐに自分の家来を主将として二俣の城に送り込んできたそうだ。確か、中根平左衛門とかいった。和泉守としては面白くないわな。自分が主将だと思っていたからな。おまけにその中根と意見が合わないとか、何やかやあって城を出たという」

二俣城は浜松の北方二十キロほどのところにあって、信濃や北部遠江からの攻撃に対する守りの拠点となっていた。永禄末年頃の城主は松井山城守宗恒であった。

徳川家康が遠江に侵入してきた時点で、二俣城でもその帰属をめぐってさまざまな議論があった。城内での話し合いの結果、松井一族は二派に割れることになった。山城守と彼に同調する者たちは城を出て武田に従い、徳川に服する者たちは和泉守を中心として城に残った。和泉守たちは家康から知行を安堵され、二俣城の守備は和泉守に任せられた。

　ところが、武田軍が遠江に雪崩れ込んできたという報せが流れるやいなや、徳川家康は中根平左衛門正照を主将に、青木又四郎貞治と松平善兵衛康安を副将として、千余の兵を二俣城に送り込んできた。城には松井和泉守が四百ほどの兵を率いていた。その結果、当然のごとく千五百に近い将兵の指揮権は、松井和泉守から中根正照に移った。もちろん、それは家康の命令でもあった。和泉守にとっては面白くなかったが、どうしようもなかった。しかも、浜松から送り込まれた将兵たちは主人顔をして振舞い始め、土地の兵たちを手下のように扱いだした。そうした中で、ちょっとしたことで中根正照と意見を違えた和泉守は、正照の考えに従うのを不服として二、三の部下とともに城を出た。

　中根正照を二俣に派遣することにより松井和泉守が城を出ると、家康が予想していたかどうかは判らない。あるいは、これは家康にとって誤算であったかもしれない。ただ家康にとっては、浜松防衛のために二俣はそれだけ重要な拠点であり、わずか数百の土地の兵たちに城の守備を任せておくことはできなかった。自分の信頼する部将にまとまった兵力を与え、武田軍の攻撃から二俣城を死守させようと、家康は決意した。

　それまで黙っていた四十近い、たくましい身体つきをした侍が、憤懣やるかたないといった調子で口を開いた。

「結局、徳川は我ら土地の者を信用してはいない。戦略上大事な城は遠江の者に任せられないのだ。土地の者は三河者の下で働けということか」

「それは武田とて同じことよ」

と口をはさむ侍がいた。

「降伏すれば、奴らの言うなりになるしかない。どのみち下になるしかない」

「さすれば勝つ方につくしかないな。負ける方につけば、それこそ悲惨な結果になる。とすると、武田か」

と一人の老いた武士が言いかけると、横合いから、

「いやいや、各々方は武田が勝つと決めているようだが、そうとも限るまい。徳川も強いぞ。攻め込んできたときの手際の良さを思い出すがよかろう。侮れぬぞ。しかもあの織田信長が後ろ盾についている。窮地に陥れば、織田が畿内の兵を引き連れて必ず援けに来る。そしたら、武田も負けるだろう」

と、前に徳川を擁護した侍が再び主張を始めた。

それに反対する者がいた。

「織田があてになるか。自分の所に火がついているというのではないか。援けにきたところで武田の餌食になるだけではないか」

こうした議論を聞きながら、山内通義はある一つの考えに囚われていた。武田にも徳川にも味方せず、中立をとおして生きられないかと。これが非現実的な空想に過ぎないことも判っていた。実際に中立などと言い出そうものなら、武田と徳川の双方から警戒され、疑われ、結局は攻撃されることは火を見るよりも明らかだった。そのためそれを口にするのも憚られたが、その考えから逃げることができなかった。

しかも、城に登る前に妻が通義に話した言葉が耳について離れなかった。

「武田は恐ろしゅうございます。何でも秋葉の山を焼かれたそうな。武田信玄というお方は、仏様や

権現様でさえも焼いてしまうという途方もないことをされる。人伝に聞きまするところでは、国を奪うために我が子すらも殺してしまわれたそうな。鬼のようなお方に思われます。何とも恐ろしいことです。徳川殿とてご自分のお気に入らない人々は、情け容赦もなく殺してしまわれる。あの飯田のお殿様たちも皆殺しにされてしまった。本当に、この世は地獄としか思われません」

そうした思いにふけっていた通義の耳に一つの声が聞こえた。

「殿、殿のお考えをお聞きしたい」

と問う者がいた。

「何をしても我らが生きのびる道を探さずばなるまい」

と天方通興は答えた。

「武田軍と真正面から戦うこともできまい。犬死を招くだけだ」

「しかし、殿」

と言いかける者を制して、通興は言葉を継いだ。

「ともかく一旦は城に篭もる。武田軍が城に押し寄せてくれば、城を開く」

と言ってしばらく沈黙し、再び、

「あくまで徳川に味方して武田と戦おうという者は、城を出るがよかろう。我らは武田と戦わずして城を開く。考えの違うものは城を出て、各々の存念に従って行動するがよい」

と続けた。

山内通義にも、それしか手はないように思えた。今さら徳川に義理立てして、武田軍に対する徹底抗戦という方針を打ち出しても、天方の全将兵がそれに従うとは到底思えなかった。徳川から離脱して武田に服属するという方針にしても同様であった。天方の将兵たちの心はすでに離れ離れになっていて、大きな情勢の中で一つにまとまることはもはや不可能に思えた。通興が一つの方針の下に家臣を強制しようとすれば、内部抗争に発展し、昨日の仲間たちと殺しあわねばならないかもしれなかった。

この席に出ている多くの侍たちは、こうした事態の進展に圧倒され、半ば呆然とし、去就に迷っていた。また、それぞれの伝手を頼り、ひそかに武田あるいは徳川に通じている者もいた。それどころか、武田や徳川に頼まれて、一人でも多くの者をそれぞれの陣営に組み込もうと画策する者もいた。さらには、今さらこうした議論をしてみても始まらないと考え、すでに内々に通じていた武田あるいは徳川の陣に馳せ参じようとしている目端のきく侍もいた。

実は山内通義のところにも、味方に引き入れようという工作が徳川方からなされた。

数日前、武田軍の侵攻が噂として流れ始めた頃、通義のところに服部半蔵正成と名乗る侍が訪れてきた。眼つきの鋭い、隙のない身ごなしをする正成は徳川の家臣だという。

正成の言うには、

「徳川のために力を貸してくれぬか。大したことではない。武田が攻めてきたら、武田に降ってくれ。その時に、ここにいる久蔵をお主の郎党として連れていってもらいたい」

と傍に控えている小者を指差した。

「お主が武田の陣中で見聞きしたことを久蔵に教えてくれ。それだけのことだ」

その久蔵とは、通義の小者たちとはどこか印象が違っていた。突然何事かが起きても、一瞬にしてそれに反応できるような、ぴんと張り詰めた雰囲気を持っていた。

「わしに徳川の間諜になれといわれるのか」

と通義は尋ね返した。

「それほど大げさなことではない。久蔵を郎党として扱い、久蔵にお主の知ったことを話してくれればよいだけだ。もちろん、久蔵が徳川の手の者だということは分からぬようにしてくれねば困るが」

さらに続けて、

「我らに協力してくれれば悪いようにはせぬ。主君の家康公の耳にも入れておく。しかし、裏切りは許さん、裏切ればすぐに分かるぞ」

「それはどういうことだ」

と聞き返しながら通義は考えた。

「つまり同じようなことをする者がわしの他にもいるということなのか」

正成は笑みを顔に浮かべたが、それについては何も答えなかった。

「返事は今すぐでなくともよい。明日、久蔵をこちらに来させる。承知ならばそのまま久蔵を郎党として使ってくれ。断るならば、久蔵にそういって還してくれればよい。ただ、このことは誰にも明かしてはならぬ。さもなくば、おぬしを切らねばならぬ」

と脅しをかけて、正成は久蔵を連れて帰った。

通義は半ば呆然としていた。自分が何か分けのわからない巨大な手につかまれ、否応なく修羅の世界に叩き込まれる感じがした。明日どうするかについては、何も判断できなかった。

翌日、久蔵が通義を訪ねてきた。そして、その日から通義は久蔵を自分の郎党として扱った。


天方城内での軍議が終わった後、天方通興は山内通義を呼んで言った。

「そちは我らとともに行動してくれような」

「はっ。今の状況ではそれしかあるまいと存じます」

と通義は答えた。

「うむ。ともかく、武田が勝とうが、徳川が勝とうが、我らが死んでしまっては何にもなるまい。何としても生きていかずばなるまい。そのために道を探し、手をうっていくしかあるまい」

と通興は言った。

それから他の重臣数人をまじえて、通興は武田に降伏する手順について相談をした。

実は、通興のところにも徳川方からの工作があった。通義のところに服部正成が訪ねてくる二日前、徳川の部将の内藤三左衛門信成と正成が訪れた。

彼らの話すには、武田軍に服属し、その内部で知ったことを徳川方に教えて欲しいということであった。そのために彼らの部下を数人、通興の家来として連れていって貰いたいと。そうすれば行く末悪いようにはしない。もちろん、このことは家康の考えであるということであった。

天方通興は、内藤信成と服部正成の二人にそのことを承諾した。通興が軍議の席で述べた背景にはこれがあった。しかも、通義が誰にも話さなかったように、通興も通義や他の者にこのことについて話さなかった。

こうして武田方に服した天方氏は、その後もすっきりした軌跡をたどらない。

翌元亀四年（一五七三）正月に武田軍は三河に攻め込み、二月に野田城を攻め落とす。その後で北に上がって鳳来寺に滞陣する。これは人々に奇異の念を抱かせた。武田軍は、当然京都を目指して西三河から尾張へ進攻するものだと思われていた。それが戦略上何の意味もない場所に留まったまま、武田軍が動かない。これは一体どうしたことか、と人びとは疑念を持った。その時、武田信玄は野田城攻囲戦の中で城内から鉄砲に狙撃され死んだ、という噂が流れてきた。人々はその噂を信じた。だが、これは事実ではなかった。実際には、信玄は隔の病（胃癌または肺癌か）に取り付かれ死を目前にしていた。

その噂を聞くや、徳川家康は噂を確かめるためにただちに行動を起こした。まず、それまでに武田方に奪い取られた中部遠江の城砦の奪還に動いた。早くも三月には、天方城を陥れた。

この時、天方通興、通綱父子は再び徳川に帰順し、その家臣となる。このように天方一族は、その時々の勢いに押され、流れに身を任せ、今川、徳川、武田、徳川とその帰属するところを変えてゆく。これを変節漢と非難することはできない。天方一族のような大した武力を持たない地方の豪族にとっては、彼らがこの戦国の世を破滅せずに生き延びていくための必然的な選択であった。

天方通綱はさらに数奇な運命をたどる。後年、徳川家康の嫡男信康が武田勝頼に内応した嫌疑を織田信長にかけられ、信長の命により切腹させられた。その際に通綱は信康の介錯をしている。本来は通綱は検死役であり、介錯は服部半蔵正成の役目であった。信康への同情のためか正成がよう首を刎ねられないでいたところ、信康の苦しむのを見かねて通綱が介錯をした、といわれている。これは、家康の側近くに仕え、家康の信康に対する愛情や期待の深さをよく知っている正成が、家康に憎悪されるのを恐れ、処世の一つとしてその役を逃げたとも思われる。その後、家康の信康に対する愛情、信康の死を悲しむ気持ちの強さを知り、さらには家康の怒りや憎悪を恐れ、通綱は浪人となり高野山に登って出家した。そして関ヶ原戦後になって、通綱は家康の次男結城秀康に召し抱えられ、福井でその生涯を終える。

浜松の城では、徳川家康が酒井左衛門尉忠次を始めとした主だった家臣と武田軍侵攻の対策を講じていた。その場には緊迫した空気がみなぎり、どの顔も緊張していた。

「とうとう来たぞ、信玄が。犬居に入ったそうな」

と家康が口を開いた。

「途中、秋葉の権現堂を焼いた」

「ほう、権現様を焼いたか」

と、ため息にも似た声が一座から漏れた。

「うむ、信玄はやる気だ。邪魔をするものは、神であろうと仏であろうと蹴散らし、我らを上洛の手土産にするつもりだ」

それを聞き、一同は改めて緊張し、唾を呑み込む者もいた。今さらのように置かれている立場に思いを馳せるのであった。

しばらくして、

「兵力はどのくらいですかな」

と忠次が家康に尋ねた。

「物見の報告では、三万かそれより少ないか。三万を大きく超えてはいないということだ」

と家康が答えると、本多平八郎忠勝が口をはさんだ。

「何だ、大したことはないな。恐れることはないわ」

「平八郎、強がりを言うな」

とたしなめて、忠次は家康に言った。

「武田はこの後どう出てきますかな」

「探らせてはいるが、まだわからぬ。おそらく二俣に出てくるのは確かだろう。二俣城には中根平左衛門を派遣して守らせている」

「地侍どもの様子は」

「浜松の城に入るように言ってあるが、大方の者は様子見をしているな」

「なるほど、勝つ方につこうというのか」

と呟く侍がいた。

「それに、こちらに誼を通じてきている者の中にも、武田と通じているものがいよう」

と別の方から声がした。

「二俣の松井一族は、我らに不満があるとみえて城を出た」

と家康は続けた。すると、その席がざわめきだした。

そのざわめきを制するように、再び忠次が家康に尋ねた。

「織田殿には使いを出されましたか」

「信玄が来攻したことを知らせ、援軍を送ってくれるように頼んでおいた」

「さて、どうしますかな」

と忠次は考えこんだ。

「ともかく、相手の出方を探りながら守りを固めて、援軍の来るのを待つしかないか」

「織田は助けてくれるかな」

と大久保七郎左衛門忠世が、その席にいる者の誰もが心の底に抱いていた疑念をぽつんと口にした。

榊原小平太康政が叫ぶように言った。

「当然だろうが。我らの今までのことを思えば、信長公自身が出馬されてもおかしくはないわ」

これは家中の者全員の本心を表していた。今まで織田のために全力をあげて尽くしてきたのだから、今度のような危急の場合には織田も援護してくれるべきだと、みんな思っていた。しかも今回は織田家にとっても重大事であるはずだった。その一方で、織田は援けにきてくれぬではないか、我らを見殺しにするのではないかという不安もあった。

「しかし、織田とて今は苦しいぞ。我らに兵を送る余裕はあるかな」

と忠世が答えると、一同は黙り込んでしまった。

織田上総介信長は五年前の永禄十一年（一五六八）に上洛を果たし、足利義昭を将軍の座につけた。

信長にとっては、義昭は自分が上洛を果たし天下に覇を唱えるための道具に過ぎなかった。しかし義昭は信長の操り人形であることに満足できなかった。義昭は自らが天下の主であり、信長は実力のある家臣に過ぎないと考えていた。そこで義昭が実権を求めてさまざまな画策を始めたため、義昭と信長の間に軋みが生じた。

義昭は、信長の上洛を快く思っていない各地の豪族を扇動し始めた。その扇動にのって信長打倒にまず動き出したのは、越前の朝倉義景であった。そこで元亀元年（一五七〇）に信長は、義景を討つために越前に攻め入った。ところが、信長の妹お市の方を正室に迎え、信長と手を結んでいるはずの近江の浅井長政が、越前に攻め込んだ織田軍の背後を襲う動きを示した。義景の本拠越前一乗谷の攻撃を始めようとしていた織田軍は、長政の裏切りにより撤退することになった。その遠征に参加していた徳川軍は、朝倉軍の追撃から信長本隊の撤退を助けるためにしんがりとして重要な働きをしている。

その二ヵ月後、信長は朝倉・浅井討伐のために再び立ち上がった。織田軍は徳川軍と連合して近江に進み、朝倉・浅井連合軍と姉川で対峙した。戦闘は熾烈なものとなり、姉川の流れは血で染まった。前半は朝倉・浅井連合軍が優勢となり、織田・徳川軍は後退を余儀なくされた。押されながらも徳川家康は、榊原康政に迂回して朝倉軍を背後から攻撃させた。それが功を奏し、朝倉軍は崩れ敗退した。そしてただちに、徳川軍は織田軍を圧倒していた浅井軍に攻撃を仕掛けた。それまで優位に立っていた浅井軍も、織田・徳川両軍から攻撃を受けることになり敗退した。この姉川の戦いでの信長の勝利は徳川軍の奮戦によりもたらされた。徳川軍がいなければ、徳川軍が兵の数に勝る朝倉軍を破らなければ、信長の勝利は覚束なかった。

榊原康政が軍議の席で言ったのはこのことである。そしてこれ以外にも、徳川勢は信長の天下統一の野望を実現させるために骨身惜しまず協力していた。

姉川の戦いでの勝利は信長にとって大きな財産となった。もし敗れていれば、信長に服従しているかにみえる畿内の諸勢力も反旗を翻し、その結果信長は京都から追い出され美濃・尾張に封じ込まれることになったであろう。そして朝倉義景が京都に上り、足利義昭を担ぐことになったであろう。

だが姉川の戦いに勝ったからといって、信長の悪戦苦闘は終わったわけではなく、ただ将来に向かっての一筋の希望の灯火が見えたに過ぎなかった。

その後も義昭の策謀は続き、義昭を要として信長包囲網が形作られていった。姉川の戦いに引き続いて、畿内の小勢力による叛乱がおき、石山本願寺が信長と敵対することになる。元亀元年（一五七〇）の十二月に、武田信玄が石山本願寺と手を結び、信長包囲網に加わる。朝倉義景や浅井長政も、姉川の戦いに敗れたとはいえ、依然として包囲網に留まり、信長と戦い続けていた。そうこうしているうちに信長の足元から火がついた。尾張と伊勢の国境の木曾、長良、揖斐三川の河口にある長島で一向宗の一揆が起きた。これは一揆というより、信長に敵対する在地勢力による軍事行動であり、その背後に石山本願寺が控えていた。ほかにも情勢の進展次第では叛旗を翻そうという勢力はいくつもあり、信長にとっては四面楚歌ともいえる状況であった。そうした中で信長は包囲網を打ち破るべく奮闘していた。信長にとって戦力はいくらあっても足りない状態であった。ただ一つ幸いしたのは、包囲網の中で大きな比重を占める朝倉・浅井勢に、姉川での敗戦の影響で、今一つ生彩がなかったことである。

そこで信長は、朝倉・浅井勢の攻略を第一目標にしていた。

家康には信長の取り巻かれている状況がよく分かっていた。信長は家康に援軍を送るどころではなく、信長自身が援軍の欲しい状況であることを、家康はよく知っていた。しかも、そうした苦しい情勢であっても信長は自分を見殺しにできないとも家康は確信していた。徳川勢が現在の信長にとって最も信頼のできる有力な同盟勢力であるのは、周知の事実であった。それを援軍も送らずに見殺しにしたとあっては、今後信長に味方する勢力はいなくなり、敵対勢力の海の中で孤立してしまい、信長は最期には追いつめられて破滅するのは確実であると、家康には思えた。

家康がおもむろに口を開いた。

「我らは守りを固め、武田の出方を見よう。それから、地侍、土地の者たちをできるだけ味方に引き付けるのだ。すでに我らに味方している者たちの手を借りて工作を進めよ。久野城の久野宗能は大丈夫だろうから、宗能を核として遠江中部の地侍には工作せよ。大須賀康高、そちが宗能との連絡にあたれ。忠次、そちが工作全般の指揮にあたれ」

それで軍議は終わった。

その後で、家康はひそかに内藤信成と服部正成の二人を呼んだ。

「信玄は病んでいる、という噂があるがどうだ」

と問い質した。

「今のところ病んでいる様子はありません。信玄について特に注目すべき報告はありません」

と信成は答えた。

「そうか」

と言ってから家康はあらためて質した。

「武田の陣中に忍びを送り込む手筈は整っているな」

「はっ、確かに」

「信玄の健康状態については特に念入りに調べさせよ。これこそ我らの死命を握っているかもしれぬ」


犬居の城に入った武田軍も今後の作戦行動について軍議を開いていた。

その席に臨んだ武田信玄は、いよいよ天下に覇を唱える一歩を踏み出したという実感に浸っていた。この十年程の間、計画を練りに練り、入念に準備を整え、待ち望んでいた機会がやってきた。織田信長を打倒し、天下の主となる潮時が来たと思っていた。それを実現する第一歩として、三河、遠江に勢力を張る信長の同盟者である徳川家康を屠らねばならない。その戦いがいよいよ始まる。そのための軍議であった。

甲府から険しい山路を行軍してきた疲れを、信玄はまったく感じていなかった。気力が充実し、体の奥底から力が沸き起こってくるのを感じていた。実はこの数年、信玄は病気がちで、自分の健康に自信が持てない状態であった。一度ならず、このまま病み衰えて死ぬのではないかと思ったことさえあった。この遠征で甲府を出発する直前にも、身体に不調を感じて出発を二日遅らせた。しかし、今やそうした心配はどこかへ吹き飛んでしまっていた。健康状態は万全であると、信玄は感じていた。

軍議の席ではまず初めに、天野景貫による遠江の情勢報告があった。そのなかで、地侍たちは徳川支持で固まっているわけではなく、多くの者たちは利害得失を計算しながら日和見をしていると、景貫は述べた。地侍たちによる抵抗、妨害行動はそれほど激しいものではないだろう、という見通しが述べられた。

さらに、三ツ者または透波と呼ばれる忍びの報告をまじえ、さまざまな意見が出された。地侍たちにはかまわず、二俣城を攻略し、敵の本拠である浜松城を一気に攻め落とそうという意見が強硬に主張された。この主張は、武田四郎勝頼をはじめとした血気にはやる若手の武将らにより支持された。

それに対し、遠江の中部に進出してこの地域を制圧し、地侍たちを味方に引き入れるべきである、という主張がなされた。直接敵の本拠を攻撃しても簡単に落とせるものではない、それよりも敵の立っている基盤を掘り崩して敵を無力化すべきである、という意見であった。これは信玄の意を汲んでいると思われる古手の武将たちの意見であったし、甲府を出立する前にたてられた作戦でもあった。しかし、その場に臨んでみると、勇み立っている若い武将たちにとってはこの作戦は生ぬるいものに思われた。

最期に信玄が断を下した。精気のみなぎった様子で宣言した。

「我らの目的は、信長を倒し上洛することにある。それを邪魔する者はすべて蹴散らせ。抵抗する者どもは撃ち倒せ。その手始めに徳川を叩き潰す。ただし、我らに同心する者は味方に加えよ」

軍を二手に分けた。本隊は信玄自身が指揮をして、犬居から南下し中部遠江に進出することになった。その地域一体を武力で制圧し、地侍や土豪らを味方の陣営に組み込むのが本隊の主眼であった。その工作の総括責任者に穴山左衛門大夫信君がなった。信君は後に入道して梅雪斎不白と号したため、一般には穴山梅雪の方が通りがよい。そして天野景貫は犬居に残り、後方支援をして、遠江計略の手助けをすることになった。

信玄は明らかに遠江を東西に分断することを狙っていた。織田の同盟者である徳川を遠江の在地勢力から切り離して浮き上がらせ、孤立させた上で叩き潰そうとしていた。これは、これから先障害となるかもしれない他の諸勢力に対する示威でもあった。それでこそ、上洛の道が開けると信玄は考えていた。単に、徳川を撃破すればよいというのではなかった。

他の一隊は五千の兵力で、武田四郎勝頼を大将とし、武田左馬助信豊と小宮山丹後守昌友が従がった。勝頼隊は、只来を攻略して、二俣に向かうことになった。ただし、二俣城の攻略命令はなく、城を包囲して信玄の本隊が二俣に到着するのを待つことになった。


武田軍は奔流となって中部遠江に侵攻してきた。天方城、飯田城をはじめとして、徳川方の城や砦があっという間に次から次へとその流れに呑み込まれていった。ただ久野城だけが流れの中に没することをまぬがれていた。その流れにより、徳川方は遠江東部の掛川城、高天神城と天竜川以西の浜松を中心とした地域の二つに分断されてしまった。

山内通義のいる天方城では、武田勢が城を取り巻くや否や既定方針通りに白旗を掲げた。実は、その前に天方通興は密使を武田方に送っていた。

「我らは、抵抗せずに城を開け渡しまする。武力攻撃をお控え願いたい」

と。さらに徳川方についていくらかの情報を密使は伝えた。この件は、徳川方に通じている者には秘密にされ、通興、通義ら数人だけが知っていた。それとは別に、武田に屈するのを拒否して、城を囲まれるまえに姿を消した侍も何人かいた。

城主の天方通興をはじめとして、通義ら天方城の主だった者たちは武田信玄の前に連れていかれた。通興らは信玄に圧倒され、畏怖した。獲物を狙う鷲や鷹のように天下を狙う武将としての威圧感、緊張感、鋭さ、激しさを信玄は感じさせた。通義の眼には、信玄は気力体力とも充実しているように映った。その場で、通興らは武田の陣営に加わることを誓わされ、本領を安堵された。通興ほか幾人かのものは天方城にそのまま配属され、天野景貫の支配下に入り、後方支援にあたることになった。ほかの者は武田軍の諸部隊に配備された。若くて力のある侍たちは戦闘部隊に加えられた。通義は穴山信君の指揮下に入り、地侍の宣撫、誘降にあたることになった。久蔵や他の郎党たちも一緒であった。

他の城や砦にいて武田軍に降った侍たちも、各々の本領を安堵されて武田軍の諸部隊に配属され、それぞれの武将の指揮に従うことになった。かなりの多くの者が、各自の領地で武田軍のために兵站を担うのが主任務であった。

天方城には、武田信玄は天方通興を守将として置いたが、加えて久野弾正忠宗政を目付け役として送り込んだ。前にも書いたように、久野宗政は、今や徳川方として中部遠江に唯一残っている久野城の久野宗能の伯父である。永禄十二年（一五六九）徳川家康の掛川城攻囲のさいに、宗政は一族の久野宗益らと共謀し、宗能を殺害して家康に背こうという陰謀をめぐらした。ところが事は露見し、宗益は誅せられ、宗政は追放された。その宗政を信玄は中部遠江を支配するための手駒の一つとして用いた。

他の城砦がほとんど抵抗もせずに武田方に降伏したのに対し、久野城は頑強に抵抗した。武田軍はその久野城を囲み、陣鉦や太鼓を激しく乱打して脅し、矢を城内に射掛けただけで、一晩で囲みを解き、本格的に攻撃しなかった。

久野城の戦略および戦術上の価値はそれほど高くはない。久野城を一気呵成に攻め滅ぼせば、日和見をしている地侍や土豪たちに対する見せしめにはなるであろうが、ある程度の犠牲と手間を覚悟しなければならない。久野城は残っていても武田軍の西上に対して影響はないから、犠牲を払ってまで攻める必要はない、というのが信玄とその翼下の武将たちの考えであった。中部遠江の支配を順次固めていく中で、久野宗政などの服属した地侍を使って宗能一派を調略していく方針であった。

武田軍は、暴風のように中部遠江の野を席巻して、袋井の西嶋・木原付近に陣を布いた。

武田軍の本隊が天方から袋井に進攻してきたという報を聞いた徳川家康は、

「武田が袋井に出てきた。久野以外はすべて武田の手に落ちた。直ちに出陣する」

と触れを出した。

「殿、お待ち下さい。今出陣しても、我らの兵力では武田に敵いませぬぞ。兵を出すばかりが能ではありませせぬ。ここは、織田の援軍が来るまで我慢をした方が得策だと思いますぞ」

と酒井忠次が反対した。

家康はその忠次の口吻に、年長者が年若な者によく示す、軽い侮りを含んだ教え諭すような調子を嗅ぎ取り苛立ちを覚えた。忠次には、自分が出陣する理由がまったく判っていないと感じた。

「今出陣しないと、家康は武田の軍勢を怖がって震えている臆病者と笑われようぞ。我らの一挙手一投足を目を凝らして見つめている者たちがいることを忘れるな。我らが頼りにならぬと思うたら敵にまわるぞ。そうなってしまったら、我らは動きがとれなくなる」

「確かに地侍どもの動きが気になりますな。しかし、負けてしまっては元も子もありませぬぞ」

と忠次は承知しようとしなかった。

「今戦おうというのではない。戦はできるだけ避ける。物見に出かけるのだ」

と家康が言うと、忠次は黙った。忠次にも家康の考えが分かったし、そうする必要性も了解できた。

「しかし、御大将みずから出かけなくとも」

と、あくまでも止めようとする者もいたが、

「いや、わしが出張ってこそ意味があるのだ。そうして我らの姿勢を土地の者どもに示す必要があるのだ」

と振り切って、俺が出陣するのは武田に対するのではなく、この土地の者たちに存在を誇示するためだと思いながら、家康は大久保忠世、本多忠勝、内藤信成らを引き連れ、三千の兵とともに城を出て磐田原へ向かった。


穏やかな晩秋の春めいた日和であった。これから戦が始まるとは、夢にも思えないようなのどかな雰囲気であった。人影の絶えた野を、うららかな陽射しをあびながら、徳川軍は四方八方に物見をだしながら進んでいた。

ともすると眠気を誘うような陽気の中で、馬に揺られながら家康は考えていた。信玄はどうして久野城を落とさなかったのだ。その気になれば簡単にできるものを。武田に刃向かう者を徹底的に叩いてこそ地侍どもに対して威嚇になるのに。どうしてだ。どうも、武田軍に厳しさが欠けているように感じられるが。それと武田勢に今ひとつ勢いがないようにも。信玄も衰えたか。そのように考えながら、家康は何となく前途に光明を見出したように思った。

見附の町にさしかかった。人影は見当たらなかったが、住民たちが息を殺して物陰に潜んでいる気配が感じられた。大久保忠世が家康と馬を並べながら、

「妙に静かですな」

と声をかけた。

「うむ。油断するな」

と家康は注意した。

「我らは見張られているぞ」

家康には、物陰から見ているはずの住民たちの視線が、自分を狙って降り注いでくる矢のように感じられた。

家康は周囲の視線に敏感な男であった。この男にとっては、周囲が自分をどのように見るかが切実な関心事であった。幼少年期の家康は、一国の領主でありながら、今川あるいは織田の人質となって過ごしてきた。今川義元が桶狭間で敗死したさいに、家康は自分の領国に戻り岡崎城主になった。その後で、領国の三河で一向一揆が起きた。その一揆では、一揆方に味方する家臣も数多くいたため、

家臣団が二つに割れて相争った。その一揆を苦心の末鎮圧し、家臣たちを一つにまとめることにより、家康は一国の統領として認められるようになった。そうした経験を通して、他人の見る目の恐ろしさ、いつ敵の眼に変わるかもしれない恐ろしさ、を家康は知ったに違いない。家臣たちの要求や感情を無視しては、家康は彼らを統御できないし、領主の座から追い落とされてしまう。

こうしたことを経験から学んだ家康には、新たに遠江支配に乗り出したとき、この地方の地侍や土豪、住民らの目がもっとも気にかかることであり、それが敵を見る目に変われば遠江支配が崩壊すること も分かっていた。家康が領主として頼みにならぬと思われれば、たちどころにそうした変化が起きる であろう。今川氏真の場合がそうであった。氏真の二の舞を踏むことはできない。そのため家康には、土地の者たちに支配者として認められる行動をとる必要があった。軍事的には大して意味があるとは思えない行動をも、あえて危険を冒してでも行わざるを得なかった。

見附の町を通り過ぎたところで、家康は行軍をとめた。

「信成」

と家康は呼びかけた。

「武田勢はどこにいる」

「物見の知らせによれば、この先の三箇野川を渡った西嶋・木原のあたりに陣を布いているようです」

と内藤信成は答えた。

「用心が必要だな。武田も我らが出てきたことはすでに知っていよう」

そして内藤信成に偵察を命じた。

内藤信成は偵察隊を率いて、いままで通ってきた台地、磐田原台地、の上をそのまま東へ進んだ。台地のはずれにさしかかった信成は、台地の下を流れる三箇野川とその東の西嶋・木原方面を眺めた。そこには朱色の塊がうごめいていた。その様子をしばらく見つめていると、鉄砲の音がした。すると朱の動きがあわただしくなり、先頭は川から台地めがけて槍のように直線的に動きを進めてきた。信成は見つかったと思った。武田軍発見の合図を鉄砲でさせると同時に、偵察隊に命じて退却を始めた。

家康が見附についた頃には、武田軍も透波の報告から家康の出馬を知っていた。徳川勢の状況を把握するために周囲に物見を出し、家康を捕捉しようと、馬場美濃守信春をはじめとした騎馬隊が動き始めていた。先鋒が三箇野川を渡り終わろうとしたとき、台地の上に物見に出てきた内藤隊の旗指物を見つけた。ズダーンと鉄砲の合図を送り、内藤隊めがけて先鋒が突進を始めた。徳川の方からも鉄砲の音が鳴り響いたと思うと、徳川勢は逃げ始めた。

はじめに一発、少し遅れて二発続いて銃声がした。それを聞いて家康は悟った。

「七郎左、平八郎」

と大久保忠世と本多忠勝を呼び寄せた。

「武田軍が攻めてくる。引き揚げるぞ。平八郎は信成を援けよ」

と命じた。家康の本隊は大久保忠世に守られて浜松に向かって戻りだした。

黒地に白で描いた山道の旗を先頭に立てた馬場信春の指揮する武田の騎馬隊が、先陣を切って突撃してきた。その追撃は猛烈を極めた。必死に逃げる内藤隊に矢が降り注いできた。矢に当たる者が出てきた。時おり、内藤隊からも矢が射返された。内藤隊が見附の町にたどり着くまでに、落馬したり転んだりして逃げ遅れた幾人かが馬の蹄にかけられ、騎馬隊の槍の餌食になった。内藤隊にとって敵を迎え撃つことは考えられなかった。家康の下知もあったが、台地の東端から見たあの朱色の広がりを思えば、戦うよりも逃げる方が先だった。

見附の町のはずれで、追いかけてくる武田の騎馬隊を本多忠勝の兵が待ちうけていた。本多隊は突進してくる武田軍に弓、鉄砲をいっせいに射ちかけた。それには騎馬隊もたじろぎ突撃を止めた。鉄砲の弾丸や矢にあたり倒れるものがでて、騎馬隊に混乱が生じた。そのすきに、武田軍が来る前に道路上に積み上げておいた戸板、莚、薪、柴などに火を放ち、さらに町屋にも火をかけた。たちまちに燃え上がり、その炎と煙は激しい勢いで武田側になびいた。騎馬隊はその勢いに押され後退した。炎と煙は見附の町を覆い、それに援けられて徳川軍は台地を西に向かって逃げた。

家康の本隊が磐田原台地の西端、一言坂まで退いてきたとき、思いもかけない方角から武田の軍勢が現われた。黒地に白抜きの鳥居の旗印が見えた。それは、見附の町を迂回してきた土屋右衛門尉昌次の三百ばかりの軍勢であった。土屋隊が家康の本隊に追いすがろうとしたとき、本隊に遅れて逃げてきた本多隊と内藤隊がその間に割り込むように突っ込んできた。双方の間に切り合いが始まった。するとと、武田の別の一隊が本多・内藤隊の後を追うようにその戦いの場に突入してきた。徳川軍はすぐに崩れるように見えた。そのとき鹿角形の脇立てをした兜をかぶった本多忠勝は、自慢の「蜻蛉切り」という槍を振るい、部下を引き連れ二度、三度と武田勢に突っ込み、武田の将兵を突き伏せた。忠勝の鎧には矢が幾筋も立っていたが、忠勝は傷ひとつ負わなかったという。殿軍としてのこの忠勝の奮戦もあり、徳川軍は武田軍の攻撃を持ちこたえ、天竜川を越えて浜松に引き揚げることができた。

武田信玄は一言坂まで進んできた。そこで、徳川勢との戦闘のためばらばらになった部隊をまとめていた。

家康自身が出てきたか、と信玄は考え込んでいた。これは油断できんな。思っていた以上に手強いぞ。遠江の支配はそう簡単にはいかんかもしれぬ。

そこへ一人の若手の部将が信玄に意見を具申しにきた。

「お館様。このままの勢いで浜松城を一気に攻めましょう。今の戦いでも分かるように、敵は弱いと存じます。余計な手数をかけずとも、一気に敵の本拠を突けば、簡単に攻略できると存じます」

信玄はそれを聞いて不安を感じた。この男は徳川を甘く見ているな。今の戦いで徳川が弱いなどと、いったい何を見ているのか。

折りよく馬場信春が信玄のところにやってきた。そこで信玄は、

「美濃、徳川をどう思う」

と信春に聞いた。

「油断できませんな。あの退きはなかなか見事ですな。土屋隊が攻めかけたときには、これで打ち破れると思いましたが、うまいこと逃げていきました。徳川勢はほとんど痛手を受けていないでしょうな」

と信春は答えた。

それを聞いていた、浜松城攻撃の提案を持ってきた部将は、何となく罰の悪そうな表情を浮かべて、

信玄の前をさがっていった。信玄は信春の返事を聞いてほっとした。しかしその一方で心配の種が残った。遠江に攻め入ってから、これまでは順調そのものであった。これが徳川勢を甘く見て侮る雰囲気を醸しだしはせぬかと心配であった。特に若い侍の間に。先ほどの浜松城攻撃の提案は、言ってきた部将一人の考えというよりは、そうした雰囲気がすでに一部の者たちの間に生じている現われではないかと不安に思った。

信玄は、一瞬ふらっと眩暈がし、すっと眠りに誘い込まれるような感じがした。頭を振って気を取り直した。すると、かすかではあるが、胃のあたりがむかつき吐き気がこみ上げてきた。

磐田原台地で徳川の軍勢を蹴散らした武田軍は、それ以上徳川勢を追わずに、天竜川の手前で北に進路を転じ、見附の北四キロ程のところにある匂坂城を陥れた。城主匂坂吉政はすでに浜松城に退いており、城はほとんど無人であった。

信玄は、匂坂に穴山信君を置いて守らせた。中部遠江の主な城砦は久野城を除いてすべて武田の手に落ちたが、武田につくか、徳川につくか、向背の定かでない土豪や地侍がまだたくさんいた。そうした土豪や地侍を鎮撫し味方につけるのが、信君の第一の目的であった。その上で、この地方を武田の領土に組み込んでいく考えであった。それにより徳川軍を、高天神城や掛川城のある東部遠江と浜松城を中心とした西部遠江に分断し、徳川の勢力を削いでいこうというのであった。そのために浜松と東部地方の徳川軍との連絡を断ち切るのが、匂坂に駐留する将兵たちの任務であった。そのように中部遠江を支配する方面軍司令官が穴山信君であった。

信玄とその本隊はさらに北に向かい、二俣城の東南約四キロに迫る合代島に陣を布いた。そして、そこを二俣城攻撃の本営に定めた。その時には、武田勝頼の部隊は二俣城を囲んでいた。しかし本格的な攻撃は控えていた。

犬居で信玄の本隊と分かれて別行動をとった勝頼の部隊は、犬居から西南六キロほどのところにある只来の砦を攻めた。只来砦は、天野景貫に備えた二俣の一支城で、五、六十人の兵がいたに過ぎなく、景貫の動向を監視していた。その砦に対する勝頼の攻撃は、四千の兵を一気に投入して攻め上がる猛烈なもので、砦はたちまちのうちに落ち、燃え上がった。只来砦の攻略が、武田側が遠江侵攻後に戦闘により陥れた徳川方の城砦の最初であった。その後で、勝頼隊はさらに約四キロ山道を西南にくだり、二俣城を包囲した。そして信玄本隊の到着を今か今かと待っていた。

山内通義は穴山信君に従って匂坂にいた。匂坂に到達するまで、通義は戦闘にはまったく参加せず、矢一本射ることがなかった。ただ馬に揺られて、鎧兜のだすざわめきとともに遠江の野をさまよっているにすぎなかった。見附の町を焼く煙を見たのと、その後で焼け落ちた見附の町を通り過ぎ、ところどころに転がっている徳川の兵の死体を見たのが、戦場にいることを通義に実感させた。

匂坂に陣を布くと、穴山信君は通義を呼び出した。

「お主はこの土地についてよく知っているであろうし、知り合いも多いことと思う。そこで土地の様子を見てきてくれぬか。土地の侍衆を、我らに味方するよう誘ってもらいたい。我が軍に加われぬならば、協力してくれるだけでもよい。できるだけ多くの者を味方につけるよう働いてくれ。相談役として、ここにいる村松民部貞次をつけよう。直接には、民部の指図に従ってくれ」

と、有無を言わさぬ調子で信君は通義に命じた。

通義はそれを聞いて、監視をつけて、裏切りを勧める使いとして俺を働かせようという訳かと思いながら、

「お伺いしたい儀がありますが、よろしいでしょうか」

信君に尋ねた。

「何かな」

「武田に降った者の領地はどうなりましょうか」

「領地はそのまま保障する。徳川を滅ぼすか追い出せば、さらに加増もしよう」

「この匂坂にいつまで退陣するつもりですか。武田本隊の今後の予定はどうなっていますか」

「期間はまだはっきりせぬが、当分の間ここに滞在する。本隊は二俣の城を攻めるが、われらはそれには加わらぬ」

武田信玄に良く似ているといわれる信君の容貌や態度を観察しながら、信君と話を交わしているうちに、通義は信君に油断のならないものを感じてきた。下手をすると、利用されるだけ利用され捨てられるなと。ともかく、用心することが必要だと思った。

山内通義は村井民部と話をしていた。民部は、やせ形の筋肉質の体つきをした目つきの鋭い男であった。その目からは、人の心を覗き込むような印象を受けた。

「お主と一緒にわしが行ってもよいが、それでは土地の侍衆が警戒しよう。必要とあれば一緒に行くが、ひとまずお主一人で行ってくれぬか」

と民部が言った。

「それは構わぬが、先ほど穴山殿の言われた領地の件は侍衆に約束してもよいのだな。それをはっきりしてくれ」

と通義は念を押した。

「お主たちの場合もそうであったのではないか。それと同じだ。我ら武田に味方すれば領地は保証する」

と民部が答えた。

「やり方はお主に任せるが、相手が条件を出してきたら、必ずわしに相談してくれ。勝手に返事をしてくれては困る。ほかにも、判断に迷ったり、困ったりしたことがあったら、わしに言ってくれ」

と民部は釘をさした。

「味方から疑われてはたまらぬ。何か証明をするものをくれ」

と通義が言うと、民部は懐から手形を取り出し、

「これを持っていけ」

と通義に手渡した。そして、

「連絡役として、ここにいる新助を連れていけ」

と言って、傍に立っていた精悍な面構えをした若者を指差した。

その若者を見たとたん、通義は久蔵に感じたのと同じ印象を受けた。旧蔵の同類か、これは弱ったことになったぞ、と思いながら、他方でやはり武田は俺を信用していないな、用心に用心を重ねなければならないな、と考えていた。

その頃、久蔵は通義の帰りをじりじりする思いで待っていた。穴山信君に通義が呼ばれていったとき、久蔵もついていこうと思ったが、許されるはずもなかったし、自分の正体がばれる恐れもあったので、宿所でじっとしていた。信君の用事は、武田軍の今後の動向に関連していて、徳川方の運命にとって非常に重要なものと思われてならなかった。

そこへ通義が一人の若者を連れて帰ってきた。久蔵はその若者、新助から自分と同類の匂いをかいだ。それは久蔵に、奴は武田の乱波か、と警戒心を呼び起こした。

新助の方も、通義を迎えに出てきた郎党に同じことを感じた。新助には、久蔵が徳川の間者か、それとも通義子飼いの乱波か、はっきりと区別がつかなかった。ただ普通の郎党でないことだけははっきりしていた。通義をそっと横目で見ながら、通義に単なる地侍以上の何か油断のできないものを感じていた。この男は徳川の回し者かなとも思っていた。

新助は通義にそっと尋ねた。

「あの若者は」

「うむ、わしの郎党の久蔵だが」

と通義は答えながら、背筋にひやりとしたものを感じていた。

「ただの郎党。いつ頃から」

と新助は聞き返した。

「どういうことかな。昔からわしが召し使っているが」

と、冷や汗を流しながら通義は答えた。

「さようですか」

と新助は言ったが、通義の返事を少しも信用していない様子で久蔵から目を離さなかった。

その間、久蔵も油断なく通義と新助二人の様子を観察していた。

通義は、明らかに二人とも相手の正体を見抜いていると思った。一体この先、この互いに敵対している二人の監視の元で自分はどうすればよいのか。これは綱渡りだ。一歩踏み間違うと、どちらかの手で奈落に突き落とされるに違いないと感じた。震えが身体の奥底からわき起こってきて、止めようとしたがどうしても止まらなかった。

新助は通義の陣を一通り見てから民部のところにいったん戻った。そして、民部に報告しながら尋ねた。

「久蔵は危険です。この先、我らのためになるとは思いませぬ。いっそのこと今のうちに始末しましょう」

民部はしばらく考えたあとで、

「いや、今始末する必要はないだろう。徳川の間者なら間者で利用の道もあるだろう。当分の間このままにして奴らの様子を見よう」

と答えた。続けて、

「久蔵の監視には他の者をあたらせる。おまえは通義の傍近くにいて本来の役目にあたれ。油断するなよ、決して。久蔵にもそれから通義にも」

と新助に注意を与えた。

新助を通義のところへ返した後で、民部は
「やはり間者がいたか。それもあの天方一族に」

と、ぽつりと独り言を言い、考え込んでいた。

その翌日から、山内通義は新助と連れ立って、見知りおきの侍たちを訪ねてよく出かけた。その場合には、久蔵は留守番をさせられた。さしあたっては、久蔵と新助が何かの拍子にぶつかり合いを演じるのを通義は恐れた。二人をできるだけ離しておく方が好都合であった。しかも、今は穴山信君の命令で武田方の手先として出かけるのであったから、当然のことながら久蔵は置いていかれた。その上、村井民部からも、久蔵はできるだけ陣中に置いておき、自由勝手にさせるなと指示があった。

こうした事態は、久蔵にとっては動きが取れないため不満であった。出先で通義が何をしているか、推測はできてもはっきりつかめなかった。味方との連絡もするわけにはいかなかった。周りはすべて敵であり、自分の言動を逐一監視しているようであった。その中に自分と同類の透波の視線があった。敵の中に潜りこんでいる以上、久蔵はじっとしている以外には手がなかった。しかも、表面上は何事もないかのように。胸中は一瞬たりとも隙を見せないように。神経をぴんと張り詰めさせて。

徳川軍は、磐田原台地での武田軍の猛追を何とかかわし、天竜川を渡り浜松に帰ってきた。将兵たちはさすがに疲れていた。しかも、武田軍が天竜川を越えて追い討ちをかけ、浜松城まで攻めてくるのではないかと気がかりであった。武田軍は天竜川を渡らずに北に向かって進んだ、という物見からの報告により、徳川勢はやっと一息つけた。

徳川家康もその報せに接するとほっと安堵した。そこへ酒井忠次はじめ留守居をしていた部将たちがやってきた。

「殿、ご無事で。何やら無駄骨を折っただけのようですな」

と、冷やかすような調子で声をかけた。それを聞いて家康は、むっとして吐き捨てるように、

「そうでもあるまい。武田の手並みを肌で知っただけでも意味があるわ」

と言った。すると本多忠勝が、

「武田の騎馬隊といってもたいしたことないぞ。噂ほどでもないわ」

と笑い飛ばした。だが、周りにいた兵たちはそれに応じようとせず黙っていた。

酒井忠次が真顔で、

「どうやら、敵は直接浜松に向かってこないようですな」

と問いかけた。

「うむ、二俣に向かうようだ」

「すると、まだ多少は時間があるということですな」

「そういうことになるな」

と家康は答えた。あたりは静かになり、そこにいる将兵たちは誰も口をきこうとしなかった。この間に織田の援軍が間に合ってくれればよいが、と家康も忠次も他の部将や兵たちも皆考えていた。

二俣城の攻防

武田信玄は合代島で、つき従ってきた部将たちを集め作戦会議を開いた。信玄は、全軍の意思統一のために、軍事行動の節目ごとに会議を開いた。

このとき集まってきた部将たちの中には、信玄を見て、どことなく生彩を欠いている、やつれたようだと感じたものがいた。お館は疲れているのかな、とその者たちは思った。

実際このところ、信玄は妙に身体が疲れやすく、だるさを感じていた。一言坂の戦いの後で感じた目眩と吐き気こそ、それから感じてはいないが、明らかに体調は悪くなっていた。病魔がふたたび頭をもたげ始めたのではないかと信玄は案じていた。

「二俣城の様子はどうか」

と信玄が口を開いた。

「はっ、士気は非常に高く、守りを固めています」

と武田勝頼が答えた。

「兵はこの土地の者か」

と信玄が問い質すと、

「土地の者もいますが、かなり多くの者が浜松から送られてきています。特に、指揮は徳川の家臣の中根正照、松平康安、青木貞治といった者たちがとっています。浜松からきた者の指図を受けるのが不満で、城を出た者もいます」

と答えが返ってきた。

「兵力はどれほどか」

「千五、六百といったところです」

「城を出た者がいると言ったな。その者たちに接触して味方に引き入れよ。その指揮には高坂昌信があたれ」

と、信玄は指示を出した。その上で、

「さて、これからどうするか、皆の意見を述べよ」

と、信玄は部将たちに向かって言った。

さまざまな意見が出た。

勝頼は、

「二俣城を力攻めにして、一気に攻め落とそう。我らの力をもってすれば、それほど時間は取られまい。そして、浜松城を全軍で攻めよう」

と熱心に主張した。この主張に賛同する者が多かった。

二俣城攻撃は最初からの方針であり、犬居を出発したときの目標であった。部将たちにとっては当然の主張である。

ところが、その後の状況の変化を受けてか、浜松城の直接攻撃を声高に述べる意見が出てきた。それには二つあった。二俣城を包囲したまま主力で浜松城を攻める意見と、二俣のような小城はほっておいて浜松城を攻める意見とが出た。これらは若手の血気盛んな部将たちが強く主張した。彼らにとって、二俣城の攻略などは時間の無駄遣いに思え、敵の本拠を直接に攻撃する方が戦略的に重要にみえてならなかった。そこには、磐田原台地で徳川勢を一蹴した影響が強く出ていた。中には、あのとき勢いに乗って一気に天竜川を渡り、そのまま徳川軍を追って浜松を攻めればよかった、と愚痴る者すらいた。その者は、一言坂の戦いの後で信玄に浜松城攻撃を進言した者ではなかった。

信玄はこうした議論をじっと聞いていた。若い部将たちの勇ましい主張を聞いていて、徳川軍を軽く見ているのではないか、侮っているのではないか、という懸念が生まれてきた。信玄にとって、二俣城は遠江支配のために非常に重要な戦略的位置を占めていた。二俣城を確保すれば遠江を抑えることは簡単であると思っていた。たとえ徳川家康が浜松城に立て篭もって抵抗していても、二俣城がしっかり確保されていれば、その抵抗は武田軍にとってさして脅威にならないとふんでいた。攻め落とさずにおいたあの久野城とは戦略的価値がまったく違うのだ。久野城は残っていても脅威にはならないが、二俣城を敵の手に残しておくのは、浜松攻撃の大きな障害になるし、遠江支配を失敗する原因ともなりかねないと考えていた。こうした二俣城の戦略的重要性については、これまでの軍議で幾度となく信玄は説いてきた。それにもかかわらず、この時点で、二俣よりも浜松を重視して、直接に徳川の本拠を攻撃する意見が強く出てくるのは心外であった。彼らには、自分の考えがまったく理解されていないと信玄は感じざるを得なかった。

馬場信春が口を開いた。

「各々方の意気込みはよくわかった。しかしだ、お館が常々言われているように、二俣城こそが今度の戦略の要なのだ。浜松城は何と言っても徳川の本拠地だ。二万足らずの兵を二つに分けて。それで敵の本拠を攻め取れるか。そう簡単にはいかんぞ。城攻めには多くの兵力、敵の何倍もの兵力が必要なのだ。二つの城を同時に攻めるほどの兵力があると思うか」

そこで息をついで信春は続けた。

「では、二俣をほっておいて浜松を攻めたとする。その攻めているときに、背後から襲われたらどうする。二俣城を自由にしておくと、そうした危険性がある。それにだ、我らが首尾よく浜松を手に入れたとしても、二俣が残っているということは我らの喉首に匕首を突きつけられているようなものだ。ましてや一歩踏み違えれば、我らの命取りにもなりかねぬこうした危険性は未然に摘んでおくべきだ。二俣が小城だといって侮ってはならん。敵を攻めるには攻めの順序があるのだ。それを間違えると、予期した戦果があがらんものだ。そこのところをよく考えぬといかぬ。それからいっても、今は二俣城攻撃に全力を傾けるべきだ」

「そのとおりだ」

と、内藤修理亮昌豊が信春を支持した。信玄が我が意を得たとばかちに大きく頷いた。さらに、

「先ごろの磐田原台地の戦で我らは徳川勢に勝ったと思ってはならぬ。あのときの徳川軍は最初から戦う気がなかった。それよりも犠牲を最小限に抑えたあの逃げ方はみごとだ。あれを見ても、徳川軍は一筋縄ではいかぬ。敵を軽く見て、なめてかかるべきではない。そんなことをしたら、我らが痛手

を負う」

と信春は諸将に注意した。信春の発言とそれを肯定する信玄の態度を見て、それ以上言い募る者はいなかった。それで軍議は決した。

二俣城攻めには、すでに城を囲んでいる武田勝頼と信豊の軍が中心になって引き続きあたることになった。その他の諸部隊は勝頼・信豊隊に協力することになった。二俣城は二万に上る軍勢により、ぎっしりと包囲された。馬場信春は、小田原の北条からの援軍を含め四千の兵を率いて、合代島の南天竜川左岸の神増に陣を布いた。これは、二俣城救援に浜松から来襲するかもしれない徳川軍に備えるためであった。さらに信玄は、陣場奉行の原隼人佑昌胤に遠江西部地方の地形・地勢を詳しく調べるように命じた。甲府を出発する前にそうした調査は行われていたが、念には念を入れたのである。

二俣は、浜松の北方二十キロのところにある。峻険な赤石山地を流れ下ってきた天竜川が、山地から平野部に移る際に造る扇状地の要の位置に二俣はある。城は、天竜川に沿った高さ三十数メートルの断崖の上にあり、西は天竜の本流、東と南はその支流の二俣川に囲まれていて、城の北側には空壕が掘ってある。急流と断崖により守られた要害堅固な城である。

すでに冬の気配をみせているある朝、鉦と太鼓を激しく叩き鳴らし、鯨波の声をあげることから本格的な二俣城の攻撃が始まった。武田方から矢を城に向かって射掛けた。武田軍の将兵たちは、獲物を前にして手を出さないでいることからくる一種奇妙な焦燥感と、どこからともなく忍び込んでくる不安感、そうしたものから解き放たれた。落ち着きを取り戻し、改めて獲物を屠る決意を駆り立てた。

二俣城内にこもっていた将兵たちも、いきなり鳴り出した鉦や太鼓の音と、それに続いて沸きあがった鯨波の声を聞き、いよいよ生死を賭けた戦いが始まったのを知った。数日前に武田軍が出現し、城を封鎖したときから覚悟していた戦いが。この数日間、敵は城を取り巻いたまま鳴りを潜め、攻撃らしい攻撃をしてこなかった。それがいよいよ始まったのだ。どの将兵の顔にも、それまでのじわじわと忍び寄ってくる不気味な不安感と重苦しい圧迫感から決別した、緊迫した表情が見られた。それまで心の隅に抱いていた、何とかして逃げられないか、助かる方法はないか、といった気持ちもどこかへ吹き飛んでしまった。城内からも武田勢に対して弓、鉄砲を撃ち返し始めた。

武田軍は城の北側から攻めだした。足軽が竹を束にしたものを持ち出して横一面に並べ、それを楯にして前進を始めた。城内から竹束めがけて、鉄砲や弓を一斉に撃った。弾丸や矢は、竹束にあたって滑ってそれたり、はじき返され、竹束を撃ち抜くことはできなかった。城内の兵たちから、

「何だ、あれは」

と驚きの声があがった。

横に並んだ竹束がじりじりと少し前進して止まった。そこで、武田勢は矢を射たり、穴を掘ったりした。武田勢は竹の束を先頭におしたて、その蔭に隠れて矢を射ながら、前進しては止まり止まっては前進を繰り返しながら、攻撃の準備を着々と整えていった。そうしてしだいしだいに武田勢は城に迫ってきた。城内にいる将兵たちにとっては不気味なものであった。ゆっくりとではあるが、満ちてくる潮のように、敵は準備を万全にしながら着実に迫ってくる。城内からの弓も鉄砲も効力を発揮しなかった。

しばらくたつと、城の空壕から二十メートルぐらい先に竹の壁ができていた。その壁は二重三重に張り巡らされた。この頃になると、鉄砲の弾丸が竹束の一部を撃ち飛ばしたり、竹束を撃ち抜いたりし始めた。城門や城壁の上から、あるいは城内の樹木の上からも、竹束の壁越しに敵を狙うことで多少の打撃を与えることができるようになった。それに対し、武田勢からも矢が射返され、城兵にも犠牲を生じだした。

竹壁の後に軍兵が集まってくると、盛んに城に向かって矢が射られた。さらに激しくなり、矢が豪雨のように城に降り注ぐと、その途端に壁が開かれ武田勢が城門めがけて突撃してきた。城内から一斉に弓、鉄砲が撃たれた。それにあたり倒れる兵が続出した。退却の鉦が打たれ、武田勢は城門に達することなく引き上げた。その後に何人かの死体が残された。

次に壁の前に竹束が持ち出された。武田の兵たちは、竹束を前面に押し立て、その背後に隠れながら城門に向かってゆっくりと進んできた。それに対し弓や鉄砲が撃たれ、竹束に隠れきれないでいた兵たちの中から手傷を負う者がでてきた。竹束が城門に近づくと、城門が突然開かれ、中から城兵が一丸となって飛び出してきた。城兵は竹束に向かって槍を突き出し、さらに身体を竹束にぶつけて押し倒そうとした。槍や刀による斬り合いが始まった。城兵の必死の勢いに圧されてか、武田勢は竹束をいくつか放置したまま引き返した。

空壕を突破しようとする者もいた。堀の底へ降りきるまでに、鉄砲や弓で狙い撃ちにされ、その餌食になる者が多かった。竹束などを楯にして、何とか底に降り立った者も、城内から降り注いでくる弾丸や矢、それに投石による攻撃で、城壁をよじ登ることはできなかった。自陣へ戻ろうとすると、その際に犠牲を増やした。自陣へ戻ることも、城兵に攻撃をしかけることもできず、壕の底でうろうろしているうちに倒される者もいた。

その後もこうした攻撃が何度も何度も繰り返されたが、武田軍は城門を破ることはできなかった。破るどころか、城門に到達することも難しかった。このような状況のまま、日は一日一日と過ぎていった。

こうした戦況に、武田勝頼はじりじりした気持ちになっていた。二俣城内の士気は、勝頼の予測していたよりもはるかに高かった。このままでは犠牲者が増えるばかりで、一向に城を落とす見通しがたたなかった。力攻めだけではなく他の方向も考えなくてはならないと思いながらも、その一方で、こんな小城を力攻めで攻略できないでどうするのだという気が強かった。若い勝頼は日増しに苛立ちを強めていくと同時に、自軍の兵の戦闘力に対する不満が募ってくるのであった。

二俣城内の将兵たちは、信玄が遠江に攻め込む前から城を守っていた土地の者たちと、その後で徳川家康により浜松から送り込まれてきた三河出身者を中心とする将兵たちとがいた。土地の者たちは、浜松から多くの兵士が乗り込んできたことにより、武田軍の来襲が本当であると確信し、その来襲を畏れながら待っていた。

それとは別に、土地の者たちにとっては、この城は自分たちの城であるという思いがあり、浜松からやって来た者たちが主人面をして振舞うのを見て面白くなかった。そのためか、土地の者たちの中から城を脱け出る者がいた。彼らの主人である松井和泉守自身が、家康により派遣された中根正照の指揮下に入るのを拒んで城を出た。和泉守は中根正照以下を援軍と思い、自分の指揮下に入るものと考えていたが、入城してきた中根らは、家康の命令であるとして、副将以下の単なる一部将として和泉守を扱いだした。実力でもってこれに抗することのできない和泉守にとって、このことは憤懣やるかたないことで、それと同時に徳川家内部での自らの地位を和泉守に悟らせた。そして、自分が家康に充分信任されていないことを知った。しかも、徳川の将来に対する不安もあった。結局は、徳川は武田に滅ばされるのではないかと。徳川のために城に籠もって武田軍と命をかけて戦うのが馬鹿らしくなってきた。そこで和泉守は城を出た。和泉守に従う者もいたが、多くの兵士、足軽らにはそうした自由も許されずに、浜松から来た侍たちの配下に組み込まれた。

二俣城内では、浜松から来た将兵たちの士気は非常に高かった。彼らにとっては、徳川のために戦うのは自分たちのために戦うことであった。この戦いに自らの将来を賭けていた。それに対し、土地の者たちにとっては自分たちのためではなく、よそ者たちのために命を捨てなければならなかった。結果がどうでても明るい将来がくるとは思えなかった。それは不満というか、馬鹿らしいというか、心の底にわだかまった怒りでもあった。その上、武田軍に対する恐怖感も強かった。土地の者たちの士気が高いはずはなかった。これが武田軍が姿を現わす前の城内の実情であった。

武田軍が出現して城を包囲したときには、土地の者たちだけでなく、城内にいる将兵全員に緊張感とともに恐怖心が忍び込んできた。敵は城を囲んだまま手を出そうとしない。その不気味さによる不安感が将兵たちの心の中を支配し始め、足が地から離れ体が宙に浮いているような感じがしてきた。そうした中で武田軍の攻撃がいよいよ始まった。

始めに竹束の壁ができ、それがじりじりと前進してきた。それに対し鉄砲や弓がほとんど役に立たなかった。抗するすべもない壁が城を押しつぶそうと迫ってくるようであった。そのため、城内の将兵たちの不安感・恐怖感はますます強まってきた。中には、特に土地の者たちの間に、城を逃げ出す方法はないか真剣に考え出す者がいた。隣にいる者が逃げ出せば、それにつられて逃げ出しかねない気分が拡がってきた。

しかし、武田軍の攻撃を二度、三度と必死になって防いでいるうちに、城内の将兵たちは少しずつ落ち着きをとり戻し始めた。心の中に抱いていた不安や恐怖もしだいしだいに薄らいでいき、逃げようという気持ちも失せつつあった。二日、三日と経つうちに、武田軍によって城が攻め落とされるのを免れるのではないか、自分たちは死なずにすむのではないか、と楽観的な思いを持ち始め、前途に光明を見出したように感じた。

二俣城攻撃の指揮をとっている武田勝頼は内心焦りを覚えていた。最初、こんな小城はすぐに落とせると高をくくっていた。武田軍が囲む前に城を守っていた松井山城守や和泉守らから、城内ではこの土地の者たちと浜松から送られてきた将兵たちの間がうまくいっていない、という情報も勝頼は得ていた。本格的に力で攻めれば、数日で攻略の目処がつくのではないかと思っていた。守備側の士気が表面上いかに高くとも、圧力を加え続ければ内部から崩れを見せると踏んでいた。ところが、攻撃を始めてから城内は一体化し、その士気は高まり、弱まる気配を見せなかった。攻め口は北側の城門一ヶ所であった。壕や川を渡ることはほとんど不可能であった。武田勢は、城門に二十メートルほどの近さに進むことはできても、城方の必死の防御によりそれ以上前進して城門に到達することはできなかった。

　すでに攻撃を開始してから十日になろうとしていた。

　この間、武田信玄の体調は明らかに悪化していた。ふらふらと目眩がしたり、胃や胸がむかつくことがしだいに増えてきた。身体のだるさもひどくなってきて、時にそれに耐え切れずに横になることもあった。疑いなく、病が再発した。

　そうした身体の不調が信玄に焦りを呼び起こした。

　十二年も前に、今川義元が軍を起こして西に向かったとき、それは天下に号令すべく上洛の途についたのではないかと、それを歓迎する雰囲気があった。当時の義元には、駿河・遠江といった富裕な大国の領主として、足利将軍家とも縁の深い今川氏の当主として、当然京に上り、将軍を援け、この戦乱の世を治めてくれるのではないかという期待が集まっていた。それほどに義元の武将として政治家としての力量は高く評価されていた。義元は「海道一の弓取り」と称えられていた。

　その義元が西上の途についたと聞いて、信玄は義元に嫉妬した。当時の信玄にとって、上洛は夢物語であった。その野望がなかったわけではないが、信玄を取り巻く諸般の事情がそれを許さなかった。義元の政治家として武将としての力量は自分よりも劣っている、と信玄は思っていた。義元の名声は、その多くを軍師の太原崇孚雪斎に負っていると見ていた。その雪斎がない今、義元が上洛の軍を起こすことができたのは、単に地の利に恵まれているにすぎないと見た。その義元にどれだけのことができるか見てみようという気持ちを信玄は持った。そして心の片隅に、義元はどこか思わぬところで足を掬われるのではないか、成功しないのではないか、という危惧の念があった。

義元が西を目指して破竹の勢いで進撃を始めた途端、尾張の桶狭間で豪雨をつく織田信長の奇襲攻撃に遭い、義元はあっけなく一命を落とした。その報せを聞いたとき、さすがの信玄も驚愕を隠せなかった。「まさか」という思いと「やはり」という思いが胸中で交錯した。そのときの情況を詳しく知るにつれ、義元は天下を狙う武将の器ではなかった、と信玄は思い、同時に信長に対する末恐ろしいものを感じた。

義元の死は信玄の野望に火をつけた。それ以来、いかにして京に上り足利将軍家を再興し天下に覇を唱えるか、そのことに全精力を使ってきた。野望を実現するための準備を整え、手を打ってきた。その初めに義元の娘を妻にしていた嫡男義信を犠牲にして、甲斐から南下して駿河を手中にした。上洛の地の利を得るために、富裕な駿河という土地が信玄には必要であった。

その直前、永禄十一年（一五六八）六月に信長は足利義昭を奉じて京に上った。この報せは信玄に大きな衝撃を与えた。信長の上洛の仕方は、まさに電光石火の早業であった。信玄であれば、もっと入念に準備をし、周囲を平定しながら、時間をかけて万全の体制を敷くところであった。それを信長はあっさりとやってのけた。しかも、その後の信長の振る舞いは自らが天下の主であることを誇示するものであった。足利義昭は信長の飾り人形に過ぎなかった。さらに驚天動地のことを信長は行なった。比叡山延暦寺を焼き討ちにした。確かに信玄とて寺を焼かなかったわけではないが、比叡山を焼くのは信玄にとって思いも及ばないことであった。これは古き良き秩序の破壊であった。信長が何か得体の知れない魔物に信玄には思えてきた。信長に対して憎悪の念とともに畏怖心を抱いた。信長をどうしても打ち倒さねばならないと信玄は覚悟を決めた。破壊者の君臨する天下、古き良き秩序の廃墟の上に打ち立てられた天下、それを認めるわけにいかなかった。

十二年も前の義元の死以来、我が子義信を初めとして多くの犠牲を捧げながら、さまざまな障害を除去し、上洛の準備を整えてきた。その間、上洛への信玄の思いは、ますます強く募ってきた。そしてようやく準備が整い、上洛への道を踏み出そうとしたときに、信玄は自分の肉体が病に蝕まれ衰え始めていることに気づいた。それからは上洛の夢を果たすか、肉体が滅ぶかの競争であった。まさに信玄は時間に駆り立てられていた。

それだけに信玄は、二俣城を落とすのに手間取っている自軍を見て、その不甲斐なさを感じ、焦りを覚えた。もちろん信玄は、どんな小城であっても城攻めは難しいものであることはよく知っていたし、大軍で囲んでもそう簡単に短期間で陥落するものでないことは充分に承知していた。今までにも、城を囲みながら、結局は城を落とせずにその包囲を解いたことは何度もあった。たとえば、その前年に信玄は東部遠江にある徳川方の高天神城を攻めた。高天神城では、小笠原与八郎長忠が二千の兵を指揮して武田軍の攻撃をよく防いだ。簡単に落とせぬと見た信玄は兵を引いた。二俣城の場合は、容易に攻略できないからといって、城をそのままにして兵を引くわけにはいかなかった。信玄の西上作戦を成功させるためには、二俣城を陥落させなければならなかった。それも、できるだけ犠牲を少なく短い期間に落城させたかった。しかし、今の様相では逆に手間取りそうであった。自分の健康状態がよくないことと二俣城の攻略がうまくいかないことから、信玄は苛立ち、勝頼に力攻めで早く城を落とすように指示した。

そうした信玄の焦燥感を、武田勝頼は敏感に感じ取っていた。勝頼は、従兄弟の武田信豊と小宮山昌友を呼んで城の攻め方を協議した。

「敵の抵抗がかなり激しくてこずっているが、何かよい攻め口はないか」

「やはり、水の手を絶つのがよかろうと存じます」

と昌友が答えた。

「水の手のありかがよくわからぬ。それに時間もかかる」

と、勝頼は乗り気のない口調でいった。

「お館は一刻も早く城を落としたいようだ」

と信豊が口をはさんだ。

「力で一気に攻め落とすほうが、徳川に打撃を与えるためにもよいと思う。味方の士気にとってもな」

と勝頼は、それが自分の存在を敵にも味方にも示すのに最も好都合だと思いながら主張した。二俣城の攻略に際して、信玄はもちろん、馬場信春、山県昌景、内藤昌豊、高坂昌信といった世に知られた宿将たちの手を借りずに、自らの手で功名を挙げることを勝頼は願っていた。しかもできるだけ派手に。それが武田の家中で、信玄の後継者としての自分の地位を確かなものにすると思っていた。このような小城に時間をかけることは、自分の無能力・不甲斐なさを示すことになるのではないかと畏れていた。

「確かに、お館もそう考えておいでのようだ」

と、信豊が勝頼の主張に賛成した。

「犠牲者が増えますぞ」

と昌友が懸念すると、

「かまわぬ。戦である以上仕方あるまい」

と、勝頼は内心の苛立ちを抑えるように大声で断じた。

「それよりも城を早く落とすほうが大事だ」

「承知しました。私が先陣に立ちましょう」

と昌友が答えると、信豊が聞いた。

「どうやって攻める」

「策はありませぬ。ひた押しに押すしかありませんでしょうな。正面から」

と、昌友は静かに言った。


翌朝早くから、鉦や太鼓が激しく打たれ、鯨波の声が大地を揺るがして湧きあがり、城に向かって烈しく矢が放たれた。その中には煙をなびかせた火矢も混じっていた。そのまま一日が過ぎていった。その状況は暗くなってからも続いた。夜空を火矢が飛びかった。翌日も鉦、太鼓の音は続き、時折鯨波の声が湧きあがり、雨のように矢が降り注いだ。

その翌早朝、暗かった空が少し明るくなりかかるや否や。竹の壁が潮が満ちるように前進し始めた。二時間ほど前に鉦や太鼓の音はやんでいた。それと同時に武田軍による攻撃も中断されていた。静寂が支配していた。城兵もそれまでの戦いによる緊迫感から解き放たれ、ほっと安堵の息をつき、気を緩めていた。多くの者がまどろみ始め、眠りに誘い込まれていた。そのためか、竹束が動き出しても城兵は虚をつかれたように反応を起こさなかった。しかも鉦や太鼓の音とともに攻撃が始まるという思い込みも城兵たちにはあった。城兵たちが我に帰ったときには、竹の壁は城門の傍近くに近づいていた。

「敵だ、敵が攻めてきたぞ」

という静寂を破る叫び声があがり、慌てて矢が射られ始めた。石が城門の上から竹束に向かって投げ落とされた。ようやく武田兵の中に倒れる者が出てきた。しかし、武田勢は荒波となって城門に打ち寄せてきた。その荒波は城門に二度、三度と打ち寄せ、門扉を押し破ろうとした。城内からの応戦もようやく激しくなり、弓や鉄砲を盛んに撃ちかけてきた。

攻撃の指揮をとっていた小宮山昌友は、この勢いに乗って城門を突破できると思った。それは今までの実戦の経験から得た勘ではあるが、勝頼の一刻も早く城を落としたいという焦りが昌友に写ったのかもしれない。昌友は、今こそ軍勢を前に前に進めるべきだと考え、自身馬に乗ったまま前の方へ出てきた。城門の内外や塀の上と下で、敵味方入り乱れて戦っていた。

周囲が明るくなり、鉦や太鼓の音も混じり騒然としていた。ひときわ高い歓声とともに城門が打ち破られ、武田方の将兵が奔流となって突進し、渦を巻いて城内に溢れ出してきた。

城内の木の上には、鉄砲をかまえた兵士がいた。城内に武田勢が溢れてきた。采配を振りながら一人の騎馬武者がその流れに乗って門内に入ってきた。兵はその武者に狙いをつけ、鉄砲の引き金を引いた。銃声がすると、その武者は馬から落ち、兵たちの渦の中に消えた。城内に入った武田方の将兵に向かって一斉に弓や鉄砲が撃たれた。武田勢に混乱が生じ、倒れる者が続出した。武田勢はそれ以上進めなくなり、一部のものは外に逃れようとした。退却の鉦や太鼓がならされ、武田方の将兵たちは犠牲を出しながらも引き上げた。鉄砲で撃たれた部将、小宮山昌友も自軍に収容されたが、そのときにはもう虫の息であった。

小宮山昌友の死は武田軍にとって大きな衝撃であった。まさかの思いであった。とりわけ武田勝頼にとって衝撃は大きかった。初め昌友の死を知らされたときは信じられなかったが、死体となった昌友を見ては信じないわけにはいかなかった。勝頼には、自分が強硬に力攻めを主張したこと、つまり自分の焦りが昌友を死に追いやったのではないかという思いがあった。城の攻め方が間違っているのではないかと不安に思った。このままでは城を落とせない、攻略方法を考え直さなくてはならないのではないかと思いはじめた。

その頃、山内通義は新助と連れ立って、地元の侍をあちらこちら訪ね歩いていた。侍たちは多くを語らなかったし、返事らしい返事もしなかった。明らかに、訪ねられたことを迷惑に思っているようであった。

見附の北方に隠れ住んでいた相良兵部経吉を訪れたときも、兵部はあまりいい顔をしなかった。兵部はすでに五十を過ぎて初老にさしかかっていたが、体力、武勇に優れ、合戦の場では若い者に引けを取らなかった。通義とは今川氏の時代から親しくつきあっていた。元々は匂坂吉政の家臣であったが、今度の武田軍侵攻に際して、主君の吉政とは行を共にせず、田舎に隠退した。

通義は新助を遠ざけて、兵部と二人だけで話をした。

「武田に味方せぬか。お主ほど腕の立つものを放っておくのはもったいない。手柄をたてれば恩賞は思いのままぞ」

「わしはもう弓矢で身を立てるのはやめたのだ。歳でもあるしな」

と兵部は答えた。

「今のわしには武田も徳川もない。これからは田畑を耕して暮らすつもりだ」

「お主はそのつもりでも周りはそうは思わんぞ。お主ほど腕のたつ武士が弓や槍を捨てて農民になるといっても、誰も信じやせんぞ。皆、お主には野心があり、それを果たす機会を待っているのだと思うぞ」

「思いたい者には、思わせておくさ」

吐き出すような口調で兵部が言った。

「そうはいかん。それはお主を警戒しているということさ。いつ何時敵に回るかもしれんと。危険になりそうな奴は、事前に始末してしまえと考えんとも限らぬ。そんなことになったら、結局、お主はどちらかにつかざるをえなくなる。まさか、殺されても良いとは思わんだろう。それだったら、高く売れるときに売っておいた方がよいのではないか。今がその時だ。武田はお主を必要としている」

兵部は黙っていた。

「それに、お主を必要としているのは合戦の場だけではない。徳川を倒した後にこそ、お主の力が必要なのだ。この遠江を治めていくために。この土地を肌で知り、治めていける人間が必要なのだ」

通義は説得を続けた。

「徳川が武田に倒されるのは、もはや時間の問題だ。お主も知っていよう。一言坂で徳川軍は苦もなく撃ち破られた。武田軍は今、二俣を囲んでいる。二俣が陥落すれば次は浜松だ。徳川は武田の敵ではない。勝ち馬に乗ったほうがよい。それも決定的に勝つ前の方がよい。その方が高く売れる。今、武田軍は少しでも多くの、有能な土地の者を必要としているのだ」

「そうかな。本当に徳川が敗れるのか。浜松城は落ちるのかな」

と、兵部がぽつりと言った。通義は一瞬虚をつかれて言葉が出なかった。兵部は言葉を継いだ。

「家康が見附まで出てきたという。一言坂では徳川勢は敗れたのではなく、作戦どおりに撤退したのではないのか。損害もたいしたことはなかったと聞く。そうとしたら、家康は侮れぬと思うが。昔、我らが今川の家中にいたとき、家康が遠江に攻め入ってきた。その時の手並み、その後の治め方を見ても、一筋縄ではいかぬと思うが。家康がそう簡単に敗れるとは思えぬ。それに、家康の背後には織田信長が控えている。信長は畿内を完全に抑えているそうではないか」

「確かに家康は凡愚ではない」

通義は兵部の言うことを認めた。兵部の言ったことは、内心では通義自身も感じていたことである。

「しかし、信玄公とは器が違う。信玄公は家康よりもはるかに大きい。最後には、家康は信玄公に対抗できぬのではないか」

「では、信玄は上洛できるのか。徳川を破ったとしても、上洛に失敗すればどうなる。昔、義元公が上洛しようとしたとき、誰もが京に上れると信じ込んでいた。ところが、あのざまだ。織田軍に散々に打ち負かされ、やっとの思いで我らは帰ってきた。その結果、我らは徳川と武田により揉みくちゃにされているのではないか。信玄とて義元公と同じ轍を踏まぬとは限らぬぞ。そうしたら、我らは同じ苦しみをまた繰り返すことになる。そうは思わぬか」

兵部の話を聞いていて、通義は思い起こした。今川義元が上洛のために軍をおこしたとき、通義もそれに従った。ところが尾張に入ったところで、豪雨の中を織田軍に攻められ、義元は討ち取られてしまった。次々と味方が敵に撃たれていくなかを、通義は馬にすがりついて必死になって逃げ帰ってきた。そのときの恐怖、屈辱が胸に蘇ってきた。

そのまま二人とも黙り込んでしまった。二人とも庭先に植えてある松の方を見ていて、互いの視線を交わそうとしなかった。通義は考え込んでいた。兵部の言を首肯するものが通義の内部にあった。ではどうして兵部を説得するのか。自分が何か言えば、兵部はそれに反対するであろう。しかも、その異論は通義が内心持っている危惧でもある。このままでは兵部を説き伏せることはできない、と通義は思った。

しばらくして、通義は声を潜めて兵部に尋ねた。

「匂坂の殿からは何か言ってこないか」

「殿から言われたのだろう。昔の仲間が浜松へ来いと時々誘いにくる」

新助の刺すような視線を意識しながら、通義はさらに声を潜めて、

「徳川から誰か来なかったか」

と聞いた。兵部は躊躇っていたが、

「来た」

と短くはっきりと答えた。

「誰が来た」

「たしか、内藤信成の手の者で、服部半蔵とかいった」

「そうか、服部半蔵か。奴は俺のところにも来た」

と通義は教えた。

「お主のところにも来たのか」

と言って兵部は考え込んだ。またも、二人とも黙り込んだ。通義は、忍びを思わせる隙のない身のこなしをする半蔵を思い出していた。奴は俺と同じように兵部に脅しをかけながら話をもちかけたのではないかと。やがて、通義が口を開いた。

「返事は今すぐでなくともよい。考えておいてくれぬか。また来る」

兵部は黙って頷いた。そして、

「ところで、お主についてきたあの郎党は何者だ」

と問い質した。

「武田の配下か」

通義は一瞬顔をこわばらせたが、何も言わずに頷いた。どうやら兵部も新助を気にしていたとみえる。

通義は新助を連れて兵部の家を辞した。兵部の家から遠ざかると、新助は通義のすぐ傍にきて、非難がましく問い詰めた。

「何故、私を遠ざけたのですか」

「お前が傍にいると、警戒して話をしてくれぬからさ。それに、主人が話をしているあいだ、郎党が監視しているかのように傍にいるのは不自然ではないか」

「左様ですか。それで何を話しました。味方になってくれそうですか」

「それはまだ分からぬが、見込みはありそうだ。いろいろと説得はしたが、はっきりと返事はしなかった」

通義は熱意のない調子で答えた。


小宮山昌友が討死したのは、武田信玄にとっても大きな衝撃であった。その知らせを聞いたとき、言い知れぬ怒りが込み上げてきた。それは自軍の不甲斐なさに対する怒りでもあった。こんな小城を、十数日間もかけているのに攻略の目処もつかぬとは、一体何をしているのかと思った。挙句の果てに一軍の将が討たれるとは。

信玄はあくまでも力攻めを号令した。武田軍は再び二俣城を攻撃したが、城門に到達することすらできなかった。武田の将兵たちは小宮山昌友が討たれて動揺していた。それがため攻めに鋭さを欠いていた。それに対し、城に篭っている徳川の将兵たちの士気は盛んであった。前日、城門まで押し寄せてきた武田勢を防ぎ、追い返した。しかも、明らかに指揮官と思われる一人の部将を倒した。自信を持った将兵たちにとっては、今日の武田軍の攻撃はたいしたことがないと感じる余裕があった。

信玄は苛立っていた。

二俣城攻撃を始める前の信玄には余裕があった。遠江に侵攻してからこれまでの経過はまさに順調そのものであった。中部遠江では、本格的な戦いは磐田原台地での徳川軍との遭遇戦だけであった。それも鎧袖一触であった。その徳川軍の中に徳川家康がいたと物見から聞いたとき、瞬間的にではあるが信玄は不吉な思いがした。まさか、兵力に劣勢な敵の総大将がここまで危険を冒して出陣してくるとは思わなかった。そうした行動をとれるのは上杉謙信だけであると思っていた。もしかしたら、自分は家康を過小評価しているのではないか、ひょっとしたら家康に足をすくわれるかもしれない、という不安が慎重な信玄の胸中をよぎった。しかし、それは一瞬の思いに過ぎなかった。ただ、家康は今まで考えていたよりも大きな男かもしれない、用心が必要だなと思い直した。

二俣城攻めにかかった頃から、信玄の胸中に黒雲が湧き、それがしだいに拡がってきた。それは自分の体調、健康状態についてであった。はじめは行軍してきた疲れが出てきたのかと思ったが、そうではなかった。この二、三年信玄の肉体を蝕んできた病魔が、一時の小康状態からふたたび頭をもたげてきたのであった。これは、上洛を計画するにあたって信玄がもっとも恐れていたことであった。しかもこのところ、空は晴れていたが、肌を刺すような冷たい木枯らしの吹く日が続いていた。この気候は信玄の身体に悪い影響を与え、病魔を力づけているようだった。信玄は床につくことが多くなった。

この隔の病（今で言う胃癌あるいは肺癌か）のため、余命は幾ばくもないと、信玄はすでに覚悟していた。だからこそ、甲府をたつにあたって、今ならまだ自分の身体は充分持つであろうが、この機会を逃すと耐えられなくなるかもしれない、と推し量った。そして、今回の遠征が上洛の最後の機会であり、翌年以降では病のために京へ上る道は閉ざされるのではないか、と信玄は恐れていた。

今や、自分の願望を打ち砕く可能性のたぶんにある病魔が頭をもたげてきた。信玄はその病と闘わなければならなかった。これは孤独な戦いであった。夜中に信玄は夢を見てうなされることがあった。夢の中で、信玄の進もうとする先に大きな黒い壁のようなものが立ち塞がり、呑み込もうとするかのように信玄めがけて崩れ落ちてくるのであった。また、信玄は深夜ふと目を覚ますことがあった。そのとき頭に浮かんでくるのは、上洛を実現するためになされてきた準備の中で払われてきたさまざまな犠牲や苦心であった。特に、我が子義信を殺し、右腕とも頼んでいた腹心飫富兵部虎昌を成敗したことなど。これらのことを考えると、信玄はいてもたってもいられない気になるのであった。立ち上がって刀を抜き放ち、上洛の道を閉ざそうとする魔物に向かって、「邪魔をするな。その道をあけよ」と怒号したくなるのであった。こうして、よく眠れない日が続いていた。

こうした状況が信玄に焦りをよんでいた。信玄にはよく分かっていた。どんな小城であっても城攻めに時間がかかることは。ましてや、二俣城は浜松城防衛のための要石であるからには、徳川方も防御のために周到な準備をしているはずである。それを簡単に落とせるはずはないと頭では分かっていた。しかし、病からくる不安や焦りが、信玄から平常心を奪い、一気に城を攻略させようと力攻めをそそのかした。平静ないつもの信玄であれば、こうした無理な攻めはやろうとしないことであった。

馬場美濃守信春は、合代島の本陣から南に下がった神増に陣を布いて、浜松から二俣城の後詰にくる徳川軍を警戒していた。小宮山昌友の討死とその後で信玄が力攻めの下知をしたと聞き、信春は胸騒ぎを感じた。お館らしくないなさりようだと。

信玄の本意を尋ねるために信春は本陣に駆けつけた。ちょうど、山県三郎兵衛昌景も本陣に来たところであった。

山県昌景は、この遠征で信玄の本隊とは別行動をとり、本隊よりも五日はやく五千の兵を率いて甲府を出立した。伊那谷から東三河の北部、いわゆる奥三河を通り、遠江西部の伊平に出てきた。その途中、徳川に味方する地侍や土豪を武力で制圧してきた。そして、伊平に陣を布くことにより、合代島にいる本隊と東西から浜松城を狙う形になった。しかも、西三河の岡崎城や東三河の吉田城にいる徳川方の軍兵を、浜松城の家康から分断する形になった。この山県隊の出現により、徳川軍はさらに窮地に追いやられる状況になった。昌景は部隊を伊平に留め、自身わずかな手勢とともに本陣に駆けつけてきた。


当時、三河は西も東も徳川の支配下にあった。西三河は徳川家父祖伝来の地であったが、家康の幼少期今川氏の属領となっていた。今川義元の死後すぐに家康が領主として返り咲き、途中一向一揆のため家中が分裂するという危機があったが、それを何とか押さえ、着実に支配を固めてきた。東三河はもともと群小の土豪が互いに争い合っていたが、今川義元がそれら土豪を武力で征服して自己の勢力圏に組み込んだ。義元の死後も今川氏の支配下にあったが、西三河の支配を固めた家康が攻め込み、今川氏から奪い取って徳川の領土とした。ところがこの二、三年、武田軍は三河の北部に兵をだして、侵襲を繰り返していた。奥三河は武田と徳川の角逐の場であった。

前年の元亀二年には、武田軍は信玄自身が二万三千もの兵を率い、三河の山地を席巻し、四月の末に吉田城（今の豊橋）を攻めた。吉田城は岡崎と浜松の中間にあり、吉田城が敵の手に落ちれば徳川の領地は東西に二分されてしまうという、戦略上の要衝であった。そのとき、徳川家康は浜松城にいて、吉田城は酒井忠次が預かっていた。武田軍が迫ってくると、忠次は吉田城から二キロほど東の二連木城まで進み出て、武田勢と戦い時を稼いだ。そのあいだに家康は浜松から急行して吉田城に入った。武田軍は二連木で忠次の軍勢を圧倒的な武力で粉砕して吉田城を包囲したが、家康を中心として防備を固めた吉田城に本格的な攻勢をかけなかった。そして、武田軍は吉田の周辺を二、三焼き討ちにしただけで突然甲斐に引き揚げた。そのため、家康は窮地を救われた。この二連木の戦いでは、徳川軍は二千余人にものぼる犠牲者を出したが、その勇猛さは武田勢に大きな感銘を与えた。

武田軍が吉田城を攻略せずに何故引き揚げたのか、その理由ははっきりしない。しかし、考えられる理由はいくつかある。一つには、武田軍の兵の大部分が農民であることによる。すでに春も深まり、田植えの季節が近づいていた。しかもこのときの遠征は、三河にくるまえに東部遠江の高天神城を攻撃していて、長期にわたっていた。兵士たちは疲れていた。そのうえに日数のかかる城攻めをしていては、秋の収穫に影響が出てくるのは必至であった。兵士たちを田畑に返さねばならなかった。そうしなければ、食糧の減収を招き、領国経営に支障をきたす恐れがあった。二つには、越後の上杉謙信の動向である。謙信が信玄の留守を狙って信濃に攻め入るという風聞があった。三つには、信玄自身の健康上の問題である。二連木の戦いの後で信玄が突然に発病したため、武田軍は引き揚げざるをえなかったという。この三つの理由のうち、どれが本当かは分からないが、三つとも関連していたように思われる。

このときの遠征で奥三河といわれる三河の北部、信濃、遠江と境を接するあたりは、武田の勢力圏に入った。この地方の山家三方衆と呼ばれる、田峰城の菅沼氏、長篠城の菅沼氏、作手城の奥平氏もこのときに信玄に服属した。今回、山県昌景が伊那から奥三河、北部遠江を進攻して徳川に味方する土豪や地侍を討伐したときも、彼ら山家三方衆は先手として山県隊を導いた。

山県昌景と馬場信春は連れ立って信玄の前に出た。信玄は昌景を一目見て喜んだ。信玄にとって、昌景は最も頼りにしている一人であった。昌景が来るのを今か今かと待ち望んでいた。信玄の内心の不安がその気持ちをより強めていた。

信玄、昌景、信春の三人は直ちに戦況について協議を始めた。その中で信玄はあくまでも力攻めにこだわった。昌景や信春にとっては心外であった。それまでの状況から、力攻めは犠牲者を増やすに過ぎず、効果があがるように思えなかった。それは信玄の考えとは思われなかった。少なくとも平静な信玄であれば。二人は、信玄がそのように力攻めにこだわることに不吉な影を感じた。そこで昌景と信春は戦況をいっそう詳しく検討するために二人で物見に出かけることにし、信玄の許しを得た。

昌景と信春は、まず陣場奉行の原隼人佑昌胤を呼んで、二俣城の地勢について改めて説明を受けた。昌胤は、武田軍の中にあって敵方の地理・地勢の調査を統括していたし、その調査は常に的確で精細であった。

それから昌景と信春は昌胤を伴って、二俣城やその周辺の視察に出かけた。

「それにしても、お館はやつれられたな。そうは思わんか」

と昌景は口を開いた。

「うむ、確かに。病が再発されたのではないか」

と信春が続けた。

「どうも、行軍の疲れから持病が出てきたようです」

と昌胤が答えた。

「それは秘密にしてあるだろうな」

と昌景が問い質した。

「もちろん、将兵たちには伏せてある。一部の者しかお館には会えぬ」

と昌胤がいった。

「どうしても会わねばならぬときには、逍遥軒殿が代わりを勤めている」

「それで焦っておられるのか。無理な力攻めを強行しようとは。お館らしくもない」

と昌景は呟いた。信春と昌胤も黙って頷いた。

初めに、三人は城攻めの指揮をとっている武田勝頼の陣を訪れた。現在の状況について勝頼から説明を受け、攻め口の様子を観た。さらに各所の陣を訪れ、いろいろ説明を聞き、二俣城の周りを巡っていった。そうすることで、二俣城が地勢的に見ていかに要害堅固な城であるか、改めて三人は認識させられた。

「ところで、水の手はどこにある」

と信春が聞いた。

「それが、少々厄介なところにあります」

と昌胤は答えた。

「そこへ行けるか。ともかく行って調べてみよう」

と昌景は言った。

三人は天竜川を渡り、城の対岸に出た。そこで昌胤が、川岸の崖にへばりつくように造られている櫓を指さした。

「あそこに見える井楼が水の手であると思われます。部下に見張らせたところ、夜中に釣瓶を使ってひそかに水を汲んでいると報告がありました。ほかに水の手らしいものは見当たりません。我らに降伏してきた者たちも、天水桶の用意はあるが、井戸はないと言ってます」

物見から戻って来た昌景と信春は、信玄に二人の観た様子を説明し、水の手を断つことを強く進言した。信玄は力攻めになおこだわっていたが、二人の宿将の意見を入れ、勝頼を呼び寄せて井楼の破壊を命じた。勝頼も力攻めに未練を残していたが、水の手を断つことに反対はしなかった。

問題は井楼を破壊する方法であった。井楼の足元を天竜の急流が洗っていた。兵士が井楼の下まで忍んでいって壊すのは無理であった。また、当然のことであるが、城方の警戒は厳重であった。強引に井楼に近づこうとしても、そこに近づくまでに兵士は倒されてしまうだろう。相談の結果、天竜川の激しい流れを利用することになった。上流で筏を組んで、それを流して井楼に命中させ、その衝撃で井楼を破壊することになった。その作戦の指揮は武田信豊があたることになった。

翌日から、城の対岸から矢を射ながら、次々と筏を井楼めがけて流していった。簡単には、筏は井楼にあたらなかった。命中しても井楼に予期したような衝撃を与えられなかった。それでも、二日、三日と倦むことなく筏による攻撃が続けられた。

城内では、筏が井楼めがけて猛烈な勢いで襲ってくるのを見て、動揺が起きた。足軽たちが騒ぎ出した。

「おい、井戸が壊されるぞ」

と、足軽たちは口々に叫びだした。しかし、足軽たちは手をこまねいて見ているしか術はなかった。

そのうちに筏攻撃の効き目が現われ始めた。筏がぶつかるたびに井楼がきしみだした。また、あたらなくとも傍近くをかすめて通り過ぎる筏の勢いにおされ井楼が揺らぎだし、川の激しい流れにより細かく振れだした。そして、振れが少しずつ大きくなってきた。ついに、筏がぶつかった途端、井楼がドカーンという轟音とともに崩れ落ちた。

それを対岸から見ていた武田軍の将兵から大きな歓声が沸きおこった。

城内の将兵たちは静まりかえった。井楼がなくなったことが何を意味しているか、誰もがよくわかっていた。事態がこれまでとまったく違ってくることが予感された。城方にとって、武田軍の攻撃が始まってから初めての大きな痛手であった。


この遠征における武田信玄の目的は、織田信長を倒して京都に入り、天下に覇を唱えることであった。徳川家康を討ち、遠江を占領することが目的ではなかった。ましてや、二俣城のような小城を占拠することは信玄の眼中になかった。戦略上、家康や二俣城を無視するわけにはいかなかった。それが焦りを呼び、二俣城をできるだけ短期間のうちに落とそうと、信玄は力攻めに固執した。

二人の宿将の意見を入れて水の手を断ってからは、武田軍による二俣城の攻撃は、それまでとうって変わり持久戦になった。武田軍は城の周囲を蟻の這い出る隙間もなくびっしりと包囲し、城兵の渇するのをじっと待った。ときどき、武田軍は鉦や太鼓を打ち鳴らして攻勢をかけてきた。しかし、決して無理はしなかった。城内からの抵抗が弱ければ進んできたが、激しければ退いた。

その一方で、武田方は、二俣城の旧主である松井山城守や松井和泉守を始めとして、この二俣の地の土豪や地侍で城に入らなかった者を呼び集めた。それまでも彼らから二俣城や徳川軍について情報を得ていたが、今回は城方に内応を働きかけるように命じた。つまり彼らと何らかのつながりのある城に篭もっている将兵たちに、徳川を裏切り武田方につくように工作することを命じた。特に、松井和泉守の影響力が期待された。その工作が認められてか、二俣城落城後に和泉守は恩賞を与えられている。

そのまま五日、十日と過ぎ、二俣城を囲んでから一ヶ月余が経った。雨はほとんど降らず、晴れわたる日が続いた。肌を刺すような寒気を含んだかなり強い風の吹く日がしばしばあった。寒気の厳しい日々にもかかわらず。信玄は落ち着きを取り戻し、病状も少しずつ快方に向かいつつあった。

そうした中にも、信玄にはしなければならないことがあった。一つは、遠江中部の地侍や土豪を慰撫し、味方に引き入れて、この地方の支配を固めることであった。これは、武田の勢力拡充とともに、徳川家康を討つかあるいは封じ込めるためにも必要であった。工作のほとんどは穴山信君が中心となって行ない、成果も上がってきていた。地侍や土豪を引見するのも弟の逍遥軒信廉が行ない、信玄自身は行なわなかった。信玄は報告を聞き、基本的な指針を与えるだけでよかった。

もう一つは外交であった。信玄としては、上洛にあたってできるだけ織田信長の勢力を殺いでおく必要があった。単純に比較すれば、武田軍の兵力は織田軍よりかなり少なかったから、そのため今回の軍事行動を起こす前に、信玄は反織田同盟を結成して信長包囲網を作り上げた。そして実際に行動を起こした今、その包囲網をさらに強化しておきたかった。それにより信長の注意を畿内やその周囲に集中させ、織田の軍勢を畿内の各所に分散させておきたかった。織田軍が一丸となって武田軍を迎え撃つという状況をつくれないようにしたかった。そこで各地の反織田勢力に、病をおして信玄はしきりに手紙を書き送った。とくに、越前の朝倉、近江の浅井、そして石山本願寺といった反織田の中心勢力には念入りに工作をしていた。

信玄の手元には、朝倉義景が当てにならないという情報が入っていた。前年に浅井長政と組んで織田・徳川連合軍と近江の姉川で戦い敗れて以来、朝倉の家中に不協和音が流れているという風評を聞いていた。下手をすると、朝倉は内部から崩れかねなかった。信玄の戦略の中で朝倉は大きな比重を占めていたから、これは信玄にとって大きな気がかりであった。早くも信長包囲網にほころびが生じてきた。これも信玄が焦る一つの要因であった。信玄は、武田軍が尾張・美濃に攻め込むときには、朝倉にもその一翼を担ってもらうつもりであった。そこで家中をまとめ信長打倒に立ち上がることを願い、朝倉義景宛に、二俣城は落城寸前でまもなく信長と対決するであろうと書き送り、出陣の催促をした。

山内通義は新助を供に連れて、穏やかな日和の冬枯れをした野に馬を進めていた。この頃では、久蔵と二人で外に出かけることはなかった。久蔵と一緒にいると必ずといってよいくらい新助が姿を現わした。地侍を訪れるときには、久蔵は陣中においていかれた。時に久蔵の姿が見えないことはあったが、陣営内で久蔵は他の郎党たちと何ら変わりなく振る舞っていた。

突然、シュッという風切り音とともに矢が飛んできた。矢は通義の身体をかすめながら新助の方に飛んでいった。新助は身体を地面に投げ出しながら反転すると、矢の飛んできた雑木林に向かって突進した。林の奥から枝のざわざわいう音が聞こえてきた。しばらくすると新助が雑木林からゆっくりと戻ってきた。

「どうだった」

と通義が声をかけると、

「逃げられましたわ」

と、新助は吐き出すように言った。

「何者だ」

「徳川の乱波でしょう。わしを狙ったのかもしれんな」

と、地面に落ちている矢を見ながら新助は呟いた。それを聞いて、通義は背筋に冷たいものが流れるのを感じた。まさか久蔵では、という思いが浮かんできた。すぐに、久蔵自身が直接こんなことをするわけないと打ち消した。久蔵にはこれだけのことをする自由はないはずだし、こうした危険を冒すはずもないと思った。しかし、久蔵の息のかかった者の仕業であろうと想像できた。新助は何も言わずに考え込んでいた。

通義と新助はそれぞれの思いにとらわれながら進んでいった。二股道にさしかかると、通義は黙っ

たまま左手の道に進んだ。新助が不審そうな面持ちで、

「道が違っていますぞ」

と声をかけてきた。

「いや、これでいいんだ。気が変わった。今日は相良殿のところに行くことにした」

と、通義は言葉を返した。先ほどの事件があって急に通義の気持ちが変わり、相良兵部と無性に話をしたくなった。

新助は黙って通義の後をついてきた。

兵部は屋敷にいた。通義は新助を遠ざけて兵部と話をした。その間、新助はかなり緊張して、周囲を警戒している素振りであった。

通義が口を開いた。

「ここへ来る途中、襲われた」

兵部は少し驚いた顔つきで、

「相手は徳川か」

と聞いてきた。

「そうだと思う」

「そうか」

と言って、兵部はしばらく黙っていたが、ふたたび話し出した。

「伊東勝元が殺されたぞ」

「何、勝元が殺された」

今度は、通義がびっくりした。伊東次郎右衛門勝元は、通義と兵部、二人と親しく交わっていた。勝元は、久野城の久野宗能の有力な家臣であった。たとえ今は敵味方に分かれているとはいえ、その勝元が殺されるとは、通義にはまったく思いがけないことであった。

一週間ほど前、伊東勝元は久野宗能の命を受けて、磐田原台地の南の海岸に近い間道を浜松に向かっていた。天竜川にさしかかる直前に武田方の巡回兵と出遭い、怪しまれて呼び止められた。勝元はごまかそうとしたがごまかしきれずに、武田の陣地に引き立てられようとした。その危機を切り抜けるため、勝元は刀を抜き、足軽一人を切り傷を負わせて、馬に乗って逃げようとした。そこを武田方の馬に乗った武士が駆けつけざま、勝元に槍を突きたてた。槍を肩にうけた勝元はもんどりうって落馬した。その勝元に足軽たちが群がりより、槍で勝元を突き殺した。このように、勝元の死について兵部は通義に語った。

「ほかにも、武田の兵士に殺されたという話をよく聞く。それも徳川とは何のかかわりもない者たちがだ。年寄りや子供たちが殺されたという」

と兵部は続けた。

「ある侍は年老いて、もはや合戦の場に臨むのは無理なこともあり、武田にも徳川にもどちらにもつかずにいた。たまたま外出したときに武田の見廻り部隊と出遭い、ちょっとした言葉の行き違いからなぶり殺しにされたという。誰が見てもたいした戦力にならない無害とも思える年寄りが、敵だとして殺されている。何の必要もなく、面白半分としか思えぬようなやり方で、子供が殺されたという話も聞く。戦の場だとはいえ、どうも武田の兵士たちは頭に血が上りすぎているのではないか。兵士たちの統制はどうなっているんだ」

「……」

「それに、二俣城の攻略にはてこずっているようだし、城攻めの指揮をとっていた侍大将の小宮山丹後守は討たれたと聞くし、武田は焦っているんじゃないか」

通義には答えようがなかった。彼の周囲にも、一ヶ月近くも経つのにまだ二俣城攻略の見通しがたたないことに、それまでが順調に進んできただけに、焦りというか苛立ちというかそういった気分が色濃く流れていた。直接城攻めに参加していないだけに、味方に対して不甲斐ないという気持ちが募り、苛立ちがより強くなった。そのためか、仲間同士の諍いもよく起きるようになった。そうした雰囲気を抑えるためにか、穴山信君やその周辺にいる部将たちから、城は落とそうと思えばいつでも落とせるが、戦略上の必要性から今はじっくりと城を攻めているのだ、だから兵士どもも落ち着いて自分たちの務めを果たせ、という話が流されてきた。

通義は口を開いた。

「殺された者たちには気の毒だと思う。残念なことだが、そうしたこともある程度は仕方ないんじゃないか。今は戦の最中だから」

そういいながらも、道義自身釈然としない気持ちを抱きながら先を続けた。

「二俣城はよく持ち堪えているが、いつまでも持ち堪えられるわけにはいかないだろうよ。多かれ少なかれ時間の問題じゃないか。家康は救援しようにもできないでいる。そのうち城は落ちるさ。そうしたら、次は浜松だ。今のうちに武田についたほうがよいと思うが、どうだ」

兵部は武田方につくともつかないとも言わなかった。声を低めて、

「お主だから言うが、わしには信玄という男を信用できないんだ。野望を果たすためには、自分の子供を殺そうという非情な男を」

とささやいた。そのとき兵部の目は暗く沈んでいた。

「しかし、総大将としてはそうした非情さも必要ではないのか。そうでないと、天下統一などといった大きな目標を実現するのは無理ではないか。しかも非情なのは何も信玄公に限ったことではない」

「そうかもしれんが、そういうのをわしは好かんな」

と兵部は頭を振った。

「ともかく、信玄公は総大将として大変優れたお方だ。天下平定も実現されるであろう。しかも我らの働きはきちんと評価してくれる。今、武田についたほうが得だ」

それには返事をせずに、

「信玄は元気なのか。病にかかっているのではないか」

と兵部はぼそっと呟いた。それを聞き、通義ははっとして兵部を見つめた。

そのまま二人は別れた。

通義と新助は穴山信君の陣に戻ってきた。新助はすぐに近くにいた小者をつかまえて、久蔵がずっと陣地にいたかどうか尋ねた。その小者は怪訝そうな面持ちで、

「いたようだが」

と答えた。そこへ久蔵が姿を現わした。

「お前、今日外出しなかったか」

と通義は久蔵に聞いた。

「いいや、していませんが何か」

「そうか。いや、何でもない」

それを聞いて、新助はその場から立ち去った。それを見ながら、村井民部のところに行くのだな、と通義は思った。久蔵も何か言いたそうな様子で、通義と新助の振る舞いをじっと見ていた。

新助は村井民部に、その日起きたことを報告していた。

「襲ってきたか。どういうつもりかな」

と民部は言い、

「探りを入れるつもりか、それともお前が邪魔か。ともかく気をつけることだな」

と続けた。

「久蔵はどうしていました」

と新助が尋ねた。

「今日はずっとおとなしくしていたようだぞ。別にこれといった報告はない。奴もそう簡単には尻尾をだすまい」

それから二、三日して、通義は穴山信君に呼ばれた。

「襲われたそうだな。ほかにも襲われたという報告がはいっている。どうやら、徳川の手の者が我らの邪魔をしようと動いているようだ。十分注意して慎重に行動してくれ。何かあったら民部に話すがよい」

　と信君は注意した。

「お主たちのおかげで遠江の経営は順調にいっている」

　と、現在の中部遠江の情況を話した上で、

「これまでのように工作を続けてくれ」

　と要請した。さらに、二俣城攻めに触れ、戦略的な考えからじっくりと時間をかけて攻めていると説明した。言外に、城を落とそうと思えば今すぐにでも落とせることを匂わせた。その上に、

「信玄公も大変元気で、戦略的に必要な布石をちゃくちゃくと打っている」とわざわざ話した。

　通義は、信君の話を聞きながら、我らに動揺が起きるのを防ぐために話しているなと納得した。通義の周囲にも、武田軍は二俣城を攻めあぐねている、こんなことをしているとそのうち織田勢がやってきて、武田軍は敗れるかもしれない、という風説が流れていた。しかし、信君がわざわざ信玄の健康状態にまで触れたので、かえって通義は不審な思いがした。確かに、陣中に信玄の健康についてとかく噂が流れるので、それを打ち消すためだなと思ったが、本当に健康であればそんなことを言う必要はないのではないかと感じた。

　その夜、新助のいないのを見計らってかのように久蔵が通義のところにきた。

「穴山殿は何を話されました」

　と小声で久蔵が聞いた。

「お前の仲間が活躍しているみたいだな」

と通義は皮肉っぽく久蔵に言った。

「今まで通りにしてくれ、ということだ」

久蔵の表情はまったく変わらなかった。

「ほかに何かありませんでしたか。信玄公のことについて何か言っていませんでしたか」

と続けて久蔵は聞いた。

「二俣城はじっくりと時間をかけて攻めるそうだ。それに、信玄公は大変元気だそうだ」

「左様ですか。すると、まだしばらくここに滞陣するのですな」

と言って、久蔵は立ち去った。


一方、浜松の城では徳川家康が無力感に浸っていた。敵は、この遠江を奪い取るために、潮が満ちてくるように着々と手を打ってくる。それに対し、自分は何ら有効な手を返すこともできずに、呆然と突っ立っているにすぎない。このままでは満ちてくる潮に自分たちは呑み込まれてしまうという不安があった。何か手を打たねば、という焦燥感が強まっていた。

磐田原台地で戦って敗れ、浜松城に逃げ帰ったとき、武田軍が直接浜松に来攻しなかったことに家康はほっとした。これで時間が稼げる、迎え撃つ態勢ができると思った。しかし今になってみると、それは誤算のように思えた。迎撃態勢を作るための土台が次第次第に掘り崩されようとしていた。それに気づくと、あのとき勝ちに乗って武田軍がそのまま浜松城を囲んでくれる方が良かったと思えてきた。たとえ相手が武田軍であっても、数ヶ月は落ちないで防ぐ自信が家康にはあった。そのための兵糧・武具などの準備は本多作左衛門重次が中心になってすでに入念になされていた。そのときには、二俣城の将兵、東部遠江の掛川城や高天神城の将兵は無傷で残っている。しかも浜松城を包囲するとなれば、いくら武田軍であっても、中部遠江を支配下におくための工作をする余裕はないと思われた。浜松城が包囲されたと聞けば織田信長も救援にこよう。そこで、織田の援軍を待って、二俣、掛川、高天神などの各城の将兵、それに遠江の地侍・土豪たちにより、城を囲んでいる武田軍の背後から攻撃をかければ、勝機は十二分にあると思っていた。

しかし、武田軍はその餌に食いついてこなかった。そして二俣城を囲んだ。その一方、遠江の中部で地侍や土豪を武田軍に組み込んで支配下におく工作を盛んにしていた。忍び込ませている間者から入ってくる情報は芳しくないものばかりであった。今や浜松は、遠江の東部地方とは分断され、その間に武田の領地ができようとしていた。この事態を打開しようにも、家康にはその方法がなかった。二俣城の救援に行こうにも、現在の兵力では到底勝ち目はなかった。その上、西北部の伊平に山県昌景の率いる新手の武田勢五千が姿を現わした。徳川方は、北よりではあるが東西から挟み撃ちにされる形勢になってきた。もはや二俣城を救う手立てはなかった。家康は、ただなすところなく浜松の城に引き篭もって、二俣の落城を待つしかなかった。こうした姿は、遠江の人々に家康の無力さや頼りなさを強く印象づけようとしていた。その結果、人心が徳川から離れていくのではないかと。家康は強く恐れていた。

二俣城が落ちれば次は浜松城である。その時には、浜松城は手足をもがれ、孤立してしまう。そうなってしまっては、徳川に生き延びる道はない。そうならないための唯一の頼みが織田信長からの援軍であった。信長からは援軍を送る旨の報せはあった。しかし、その兵力はどの程度かわからず、またいつ来るかもわからなかった。家康は、次第次第に募ってくる不安と焦りの中で、一日でも早い援軍の到着を首を長くして待っていた。しかも、家康は信長の本心を知っていた。信長は、徳川軍が遠江で武田軍を迎え撃つことに反対であった。徳川勢は、遠江を放棄してでも、三河の岡崎まで撤退し、そこで武田方に備えるべきである、というのが信長の考えであった。それに抗して家康は武田軍を遠江で迎えた。それだけに援軍を信長が送ってくるにしても、どの程度の兵力かはあまり当てにならなかった。同盟を組んでいるという、名目的なものに過ぎないかもしれなかった。そうであっても、家康はその援軍を当てにせざるをえなかった。

山内通義は村井民部に連れられて天方城に向かった。民部は穴山信君から命を受けていたが、通義には別に指令はなかった。途中冷たい風の吹く中を、民部はまさに情況視察といった様子で、あちらこちら見ながらゆっくりと進んでいった。久蔵と新助の二人も一緒に連れていた。民部は、通義にたびたび声をかけて、地方の状況、地侍の動向などさまざまなことを聞いてきた。そのうち多くはすでに報告済みで、民部は承知しているはずのものであった。通義は、どうして改めて聞くのか不審に思ったが、その質問に一つ一つ答えた。久蔵や新助にも土地の百姓らの様子などについて問い質した。道中何事もなく一行は天方城についた。

通義は、久しぶりに旧主の天方山城守通興、通綱父子と会い、民部をまじえて話を交わした。通興、通綱とは一ヶ月ぶりであったが、彼らは武田軍に加わったからといって、特に生き生きとしているでもなく、それを悔いている風でもなく、依然と変わらない印象を受けた。彼らにとって、武田の配下に入ったことは大した事件でないように見えた。通義ら四人の話は、地侍・土豪の動向やこの土地の情況など、武田方がこの土地を支配していくための材料になることが中心であった。

話が、城代として天方城に入っている久野弾正忠宗政に移った。通興によれば、宗政は、徳川方に属し久野城に篭もって武田軍に抵抗している甥の三郎左衛門宗能を攻め滅ぼしたくてうずうずしている。しかも、それを広言し、城兵を煽っているという。さらに、通興に久野城を攻める兵を集めるように強要していた。それが城兵に影響し、一部では久野城に攻めよせようという気分が濃厚に漂っていた。それに賛成できぬ通興は、宗政の城代としての権力を笠にきた圧力の前に困難な立場に立たされていた。そこで通興は民部に、宗政に自重するように説き伏せてほしいと要請した。実は、その噂は武田信玄や穴山信君の耳に届いていた。今そうした勝手なことをされては軍の統制が破れるとの考えから、宗政に久野城攻撃の意図を捨てるように説得するため、民部は信君から指示を受けてきた。

それから二俣城のことに話題が移った。

「初めは勝頼殿のお考えで力攻めをした。ところが攻めきれず、小宮山殿のこともあって、信玄公のお指図で水断ちに変えた、と聞いていますが」

と通興は水を向けた。それについて民部は肯定も否定もしなかった。

「穴山殿の言われるには、熟柿の落ちるのを待っている状況ということだ。それも遠い先のことではない」

と民部は言った。

「その後のことを考えておく必要がある。そこで天方殿に頼みがある。武田の本隊に加わって西上してくれる武士を集めてほしい。十騎でも二十騎でも良い。天方殿はこの地方の武士に顔が広いから是非とも頼む」

それに対し、通興は、

「どの程度集まるか分からないが、ともかく努力してみよう」

と答えた。

その返事を聞いたあと、村井民部は久野宗政のところに出かけていった。半ば脅して、宗政に馬鹿な考えを捨てさせるために。

残った通興、通綱、通義の三人はさらに話を続けた。別れてからこの一ヶ月の間に互いの身に起きたことを話し合った。ふと通興が意味ありげにいった。

「最近信玄公に目通りしたという者に聞いたのだが、信玄公は思ったよりもお若かったということだ。若々しく元気で生気が漲っている様子であったということだ。ほかにも、信玄公は最近少し若返られたようだという話を聞くが」

通義はそれを聞いて奇異の念を持った。若返ったとはどういうことか、そんなことがあるのか。しばらく小首を傾げていた通義は、信玄には逍遥軒信廉という弟がいる、しかも信廉は信玄によく似ていることで有名であることに思いあたった。通義ははっとして思わず通興の顔を見つめ直した。通興は黙ったままにやりとした。

その夜、通義は天方城に泊まった。横になってからも、先ほど通輿の言った若返った信玄のことが気になってしかたがなかった。どうやら信玄自身は人に会わず、代わりに信廉が信玄であるとして人に会っているようだ。どうしてそんなことをするのか。その理由として一つの考えが通義に取りついていた。信玄は病んでいるのか。

翌日、通義は民部と一緒に帰路についた。途中、視察を繰り返しながらゆっくりと帰ってきた。勾坂の陣まで後数キロのところまできた。陽はすでに落ちていたが、空に明るさがまだ残っていた。

突然、キャーという女の悲鳴が聞こえた。それもまだ若い女の声だ。通義と民部の二人は悲鳴のした方角に向かって馬を走らせた。木立に囲まれた小さな家の庭で、五人の足軽が一人の女に狼藉を働いていた。剥き出しになった白い太股が通義の目に入った。それから女の上にのしかかっている足軽と、その周りを取り囲んでいる足軽たちが。

民部が怒鳴った。

「お前ら、何をしている」

足軽たちは驚いて、駆けつけてきた通義らの方を振り返った。何か喚きながら逃げようとした。三人が通義らの方に向かって刀を振り回しながら走ってきた。通義は馬に乗ったまま一人を肩から袈裟切りにし、民部も馬上から別の足軽の頭を断ち割った。久蔵は、走ってくる足軽に向かって駆け寄りざま胴を刀で払った。残りの二人は木立の中に逃げ込もうとした。その逃げていく足軽らに向かって新助は手裏剣を投げた。一人はもんどりうって倒れ、もう一人はよろけながらもさらに逃げようとした。倒れた足軽の首に手裏剣が突き刺さっていた。新助は倒れた足軽には見向きもせず、逃げようとした足軽に走りより、背中から一刀を浴びせた。五人の足軽は死体となって地面に横たわった。

二十そこそこの女は倒れたまま呆然としていた。悪い夢を見ているような感じであった。家の中では二十代半ばの男が血まみれになって死んでいた。

民部は新助や郎党たちに、身元を調べさせ、死体の始末を命じた。そして女に何か聞いていた。

女の話によると、足軽五人が突然に家の中に押し込んできて、そこにいた女の亭主にいきなり切りかかった。亭主は抵抗するまもなく切りきざまれて倒れた。女は咄嗟のことに我を忘れて突っ立っていたが、足軽たちが女の方に向かってくるのを見て、悲鳴をあげて逃げ出した。戸口を出たところで足軽たちにつかまり乱暴されようとした。そこへ馬に乗った武士二人と郎党たちが姿を見せ、あっというまに足軽たちを退治してしまった。

民部は新助から何事かうなずきながら聞いていた。それから女に何がしかの金を渡し、通義を促してその家を立ち去った。

通義は民部に問い質した。

「足軽たちは武田の手の者だな」

「そうだ。馬鹿な奴らだ」

と、民部は吐き捨てるように言って、口を閉ざした。それ以上の問いかけを許さないような雰囲気であった。

通義は馬の背に揺られながら考えていた。兵士たちのこうした行為は、いくら軍規を厳しくしてもまったくないというわけにはいかないが、実際に遭遇してみてこれは軍の規律にとって重大な問題に思えた。軍規や軍の統率に緩みが出てきている証拠に思えてならなかった。しかも今、多くの兵たちは何もなすところなく滞陣しているところで、もっとも緩みが生まれやすいときでもあった。これらの行為は、土地の農民や地侍などの住民からもっとも反感を買う行為である。こうしたことが続発すれば、遠江の経営に大きな支障をきたすのは明白であった。

その夜寝床についても、通義はこの短い旅で出合ったことをいつまでも考えつづけていた。身体は疲れていたが、眼がさえわたって眠れなかった。

数時間前に出くわした事件が頭に浮かんできた。武田軍に加わって以来、こうした事件に通義自身が直接出合ったのは今回が初めてであった。もちろん、この種の噂は時々聞いていた。その中には、武田の手の者の仕業とは思われないものもあり、徳川方の宣伝ではないかと思われるものもあった。しかし現実に出くわしてみると、この事件は武田軍の士気の緩みを示すように思われてならなかった。何故士気が緩んだのか。

前に久蔵が

「信玄は病にかかっているのではないか」

と言ったことを思い出した。すると天方の殿が言った

「信玄公は若返られた」

ということも得心がいった。実際には、信玄は病の床に臥していて、弟の逍遥軒信廉が信玄の表立った役割を代わりに果たしているのではないか。秘されているが、それが軍の士気に微妙に影響しているのではないか、と通義は思い至った。

通義には、遠征の前途に暗い影がさしてきたように思われた。今まではまさに順風に乗って進んできた。いともたやすく中部遠江を武田軍の支配下に組み込み、その経営も順調であった。上洛という目標に向かって、着実に足元を固め歩を進めてきた。ここで信玄が倒れたらどうなるか。信玄がいなくとも、総合力としては武田軍は徳川軍に優っており、徳川を撃ち破ることはできる。それは確かだ。しかし、その背後にいる織田軍に対してはどうか。畿内を支配している織田に勝てるか。信玄がいてこそ勝てるのではないか。上洛は「武田信玄」という看板があって初めて可能となるのではないか。その看板がなくなれば、結局は武田軍は甲斐に引き返さざるをえないのではないか。その時には、徳川は織田の援助を得てふたたび遠江に出てくるであろう。この地に残された我らはどうなるのか。武田の尖兵として徳川軍と血みどろの戦い、しかも勝算のない戦い、を続けていかなければならないのか。それとも徳川に降伏するのか。たとえ徳川に降っても、許されるとは限らない。生命、領地が保証されるとは限らない。許されたとしても……。

今ここで信玄が倒れると、どう転んでも将来は暗いと通義は思わざるを得なかった。

武田軍が二俣城を包囲して五十日ほどになろうとしていた。水の手が破壊されたにもかかわらず、二俣城はしぶとく抵抗を続けていた。武田軍は城を囲んだまま山のように動かなかった。要害堅固な城とはいえ、二万もの兵がわずか千数百の人数で守る小城を囲んだままじっとしていた。この武田勢に対し、徳川方からも数百、時には千の兵からなる部隊が出動してきた。この部隊は物見とあわせて、できれば二俣城を救援する役目を持っていた。しかし、武田勢と徳川勢の間に、多少の小競り合いはあっても本格的な戦闘はおきなかった。徳川方には、兵力の損耗を防ぐためにも、できるだけ戦闘を避けるように命令されていた。それもあって、武田方の堅固な包囲網を突破して城の救援にいくことは思いもよらなかった。徳川の小部隊は武田軍の周りをうろうろしているにすぎなかった。しかも、武田軍は、それらの小部隊を本格的に掃蕩しようとはしなかった。

こうした状況は徳川方にとって不気味であったし、心有る者にとって不審なことであった。家康にとっても同じ思いであった。二俣城を囲むには一万もあれば充分だ。それなのにこれはどういうことだ。ただ包囲しているだけとは。家康は信玄に

「何を考えているのか」

と詰問したい思いであった。それは、自らは積極的に効果的に手を打つことができないのに、周囲の情勢はどんどん悪化していることによる焦りや不安でもあった。実際に敵と刃を交えていれば、そうした気持ちから免れることができたであろうが。

武田軍の占領地に潜ませている間者からの報告にはさまざまなものがあったが、武田軍の動向について今ひとつはっきりしなかった。そうした情報から、武田軍は占領した中部遠江を着実に武田の領土に組替え、徳川勢を追い出そうとしているのは確実に思えた。これは穴山信君の手腕によるところが大きかった。二俣城を落とした後は、浜松に攻め寄せるという情報と、浜松を無視して西上するという情報が入り混じっていた。その上、信玄の健康状態についても、病気であるというのと元気だという相反する情報があり、確かなことはつかめなかった。

家康にとってさらに気がかりなのは、二俣城からの報告であった。井楼が破壊されたため、雨水を

貯めるなどの対策をたててはいるが、城内では飲料水がほとんど尽きようとしていた。より深刻なのは、浜松から派遣した三河出身の将兵と、もともと二俣城にいた遠江の将兵との仲が険悪になってきて、水をめぐる争いが起きるようになったことである。双方の間に斬り合いがおきかねない事態になってきた。遠江の将兵は三河の将兵に対して良い思いを抱いていなかった。三河の奴らは勝手に我らの土地にやってきて、主人顔をして我らをこき使うと思っていた。武田軍が力攻めをしている間はその対応に追われ、そうした思いは表面に現われなかった。しかし、武田軍が水を断ち持久戦にでてくると、飲み水の不足が募るにつれ、水の奪い合いという形で三河兵に対する不満や憤りが噴出してきた。これは単なる水不足以上に重大なことであった。二俣城は内部から崩壊する危機を迎えていた。

家康をはじめ徳川の将兵は、ただひたすら織田信長からの援軍を待っていた。より多くの兵力が欲しかった。兵力が増えれば何とかなると思っていた。信長からは佐久間信盛を大将として援軍を送るといってきた。佐久間信盛といえば織田家の重臣である。彼が大将とあれば少なくとも五千の兵を送ってくれるのではないかと、家康は期待していた。もちろん充分とはいえないが、それでも一息つける。援軍が少しでも早く浜松に着いて欲しかった。

実はもう一つ家康には祈りともいえる胸の中に秘めた思いがあった。それは、信玄が病に倒れて欲しい、そうすれば武田軍は遠江から甲斐に引き揚げるであろう、という思いであった。そうなるという、現実に立脚した確固とした情報は得ていなかった。まさに溺れる者が藁をも掴もうとするかのように、その情報にすがりつきたいという思いであった。それほど家康は追い詰められていた。

家康は、自ら二俣城の後詰に出陣することを決意した。決意というよりは、浜松で城に篭もってじっと待っていることができずに、ともかく心の中の不安や苛立ちを抑えるためにも、出陣してみようというぐらいの気持ちであった。そうした気持ちだけでなく、出陣の理由が家康にはあった。それは味方に対する一種のデモンストレーションである。二俣城が落城間近であることはもはや誰の目にも明らかになりつつあった。その二俣城を、家康は武田軍に対する恐怖と自分の安全のために見殺しにした、と味方から思われることを恐れた。家康は臆病者で頼りにならないという評判の立つのを憂慮した。それを防ぐためには、家康が自身で二俣城の救援に行くしかなかった。少なくともその振りをせざるを得なかった。今までの物見からの報告によれば、実際に救援が可能であるとは少しも思えなかった。まったくの無駄骨ではあるが、家康としては危険を冒してもしなければならないデモンストレーションであった。

家康が出陣の支度をしていると、酒井忠次がやってきて、

「二俣の後詰に行かれるのか」

と、くだらんことをするなといわんばかりに聞いた。多少小馬鹿にした調子で、

「御大将のすることではありますまい。馬鹿馬鹿しい。武田勢に勝つ算段はありますか。この前やれたばかりではありませんか。無駄な犠牲を払うよりも、この城の守りを固める方が先ではないですか」

と続けた。家康はむっとしたが、すっと顔をそむけて、

「わしが出かけるのが一番良い。戦は避けるつもりだ」

とぼそぼそと言って、馬に乗った。

家康は三千ほどの兵を率いて城を出た。それまでの調べから武田方の布陣はわかっていたが、物見

を派遣してさらに詳しく布陣を調べさせた。布陣の隙間を縫って何とか二俣城に近づけないかと考えていたが、さすがに武田軍はそうした隙を見せなかった。城を包囲している武田方の周りをゆっくりと巡っていった。武田方でも家康の出馬に気づいていたであろうが、徳川勢の動きを見ているだけで、積極的に攻撃を仕掛けてこようとはしなかった。

家康は天竜川を渡り、左岸の神増まで進出した。そこには、馬場信春の率いる軍勢が、徳川軍による二俣城の救援を警戒していた。馬場隊は徳川勢を見つけるや直ちに戦闘体制に入った。家康はこれ以上進めないと判断してすぐに引き上げを命じた。馬場隊は逃げる徳川勢に矢を射かけながら追い始めたが、追い払えばよいという感じで、それほど深くは追撃しなかった。それもあって徳川勢は無事天竜川を渡り右岸に戻ることができた。馬場隊は、徳川勢が浅瀬を渡っていく様子をじっと観察していた。これにより、武田軍は天竜川の渡河点を掴んだ。

信玄の健康はほとんど恢復し、気力も充実し、病に倒れる前と同じように活動を始めた。ようやく、二俣城はもはや落城するしかないと誰もが確信するようになっていた。穴山信君に任せてある遠江中部の経営も順調であった。このところ地侍や土豪たちの武田方への投降が、また少しずつ増えていた。地侍たちの応接は武田逍遥軒信廉と穴山信君が行なっていた。

信玄は、二俣城攻略後どうやって上洛への道を切り開くか考えていた。

一つの朗報が信玄の手許に届いていた。それは秋山伯耆守信友からであった。

今回の遠征にあたって信玄は、遠江に攻め込むと同時に、秋山信友に織田信長の本拠である美濃に侵攻させた。信友は東美濃の要衝岩村城を包囲した。その時岩村城を守っていたのは遠山景任で、その妻は信長の叔母であった。信長はすぐに後詰の兵を派遣したが、逆に秋山隊に迎え撃たれ逃げ帰ってしまった。当時の信長はそれ以上救援の兵を送ることができない状況であったため、岩村城は独力で守らざるをえなかった。その籠城戦のさなかに、城主遠山景任は負傷し、その傷がもとで亡くなってしまった。そこで、ほかに打つ手のない信長は岩村城に自分の五男御坊丸、三歳か四歳の子供を城主に送り込んで、あくまで死守することを命じた。その岩村城を、秋山信友は執拗に攻撃し開城させた。しかもその時に、信友は遠山景任の未亡人と結婚し、御坊丸を人質に取った。この結果、信長の本拠の一部、東美濃が信玄の手中に入った。信長にとっては大きな痛手であった。

秋山信友による岩村城奪取の知らせを聞いて、信玄は信長打倒に向けて大きな一歩を進めたと思った。ちょうど、二俣城の方も水の手を断ち、攻略の目処がついた時期であった。これで上洛の道が大きく開けたように感じた。

岩村城の奪取は、信長の本拠地、岐阜城のそば近くに武田方の前進基地を設けたことになる。これは信長に対する大きな牽制となる、信長が自ら何万もの軍勢を率いて家康の救援に来ることはできなくなる、と信玄は考えた。それだけ武田軍が徳川勢を撃ち破るのが容易となり、信長としては最大の最も頼りにできる同盟勢力を援助できずに見捨てる形になる。信玄はこの事実を宣伝工作に大いに用いるつもりであった。現在は信長に同心している畿内やその他の地方の小勢力や地侍土豪たちにこうした情報を流して、彼らの動揺を誘うことを考えていた。それにより、信長との決戦を有利な形にもっていく心積もりであった。

岩村城を陥落させて十数日経ち、二俣城の落城も今日明日に迫ったころ、信玄にとって不本意な報せが届いた。それは越前の朝倉義景についてであった。江北に進出して織田軍と対峙していた朝倉軍は、十二月三日信長が陣営を撤去して美濃へ帰ると、あっさりと国元へ引き揚げた。信玄の考えによれば、信長が美濃へ帰ったならば、これを好機として朝倉軍はさらに進出して、織田軍に圧力を加え続けるべきであった。それでこそ信長を窮地に陥らせることができる。それを引き揚げるとは、敵に塩を送るようなものではないか。義景は本当に信長を倒す気があるのか、信玄には疑わしく思えてきた。今回の上洛を成功させるための信玄の戦略のなかで、義景は鍵ともいうべき非常に重要な位置を占めていた。それがこのように頼りにならぬとは、信玄は嘆息する思いであった。信玄は義景宛に手紙を書き、再度の出陣を促した。

気がかりな風説が将兵たちの間に流れていた。何万という織田の援軍が美濃から浜松にかけての街道筋に次々と押し寄せてきていて、すでにその一部は浜松に着いている、ということであった。物見などからの報告により、その風説は徳川方の宣伝によるもので事実ではないことを信玄は掴んでいた。確かに多少の援軍は来るであろうが、風説のようなことが起きないように、今まで信玄は布石を打ってきた。そうはいっても、末端の兵士、足軽たちへの影響は見捨てておけなかった。

水を汲む櫓を破壊されてから一ヶ月以上持ち堪えてきた二俣城も、城内に水はほとんど残っていなかった。もはや抵抗の限界にきていた。

このところ、武田方からの投降の働きかけが増えてきた。城内の草むらに投降を誘う文が落ちていることがあった。石礫や矢文で城内に届けられている模様であった。しかも、この二、三日夜になると、城内からも武田方に連絡をとろうとしている形跡があった。特に、遠江それも二俣に近い土地出身の兵士が、武田側にいる知り合いと接触しようとしていた。見回り兵が、その現場をたまに見つけることがあったが、その犯人を捕まえて厳しい処罰を科するのを許さないような雰囲気が城内にはあった。その上、遠江出身の将兵と三河出身の将兵との対立はますます厳しく抜き差しならないものになってきて、いつ彼らの間に衝突が起こっても不思議でない状況になった。

ついに事件がおきた。

甚兵衛という遠江出身の農民あがりの足軽が、喉の渇きに耐えかねて水桶のところにふらふらとやってきた。そこには水桶を管理する兵がいた。彼らは全員三河出身の者たちであった。桶の中の水は、城内にいる者全員に分ければ、お椀半分位にもならないぐらいしかなかった。甚兵衛は土下座し、涙を流して水を飲ませてくれるよう頼んだが、その頼みは剣もほろろに拒絶された。そして、水を管理している足軽たちから、

「俺たちでさえ飲まずに我慢しているんだ。お前らにやれる水なんかあるもんか。遠州者が何を贅沢いっているんだ。この馬鹿者が」

と罵倒された。それを聞いて甚兵衛はかっとなり、いきなり刀を抜いて一人の足軽に切りつけた。その足軽は腕に傷を負いながらも、身をひるがえして逃げた。周りにいた足軽二人が驚きながらも、

「この野郎」

と喚いて甚兵衛の腹に槍を突き立てた。甚兵衛が倒れたところを監督していた武士が首を討った。

この騒ぎはたちまち城内に伝わり、侍や足軽たちが続々とそこに集まってきた。彼らは皆、目が血走り気色ばんでいた。三河者と遠江の者の二つに分かれ、睨み合いになった。

「よそ者が勝手なことをしくさって、えらぶるな」

「何を言うか。手前らがだらしないから助けにきてやったんだぞ」

「頼んでねえぞ。勝手に押しかけてきおって、迷惑千万だ」

などと怒声が双方から飛びかった。今にも刀や槍で切り合いが始まるかという雰囲気になった。

騒ぎの報を聞いた主将の中根正照は、直ちに鉄砲隊を二、三十人組織し、その威嚇の下に集まってきた侍や足軽たちを解散させ、それぞれの持ち場に復帰させた。再び同じような騒ぎを起こした者は容赦なく殺すと厳命し、一応秩序を回復した。しかし、解散して戻っていく兵たちの表情は、睨み合っていたときと同じような憎悪と、渇きに耐えかねた表情のない交ぜになったものであった。

中根正照や、副将の青木貞治、松平康安にとって、今度の事件は起きて欲しくないものであった。地元の者たちから見れば、彼らは遠江者を抑圧する三河者の現場責任者である。そうした彼らの心配している気持ちとは反対に、城内の雰囲気はこの種の事件が起きる可能性を次第次第に濃くしてきた。何とかこのような事件が起きないように心を配って手を打ってきたが、とうとう起きてしまった。それだけに城を守る責任者として、彼らは衝撃をうけていた。いよいよ城は内部から崩れ落ちようとしているという思いであった。

中根正照、青木貞治、松平康安はこの騒ぎについて協議した。その中で、これで遠江の将兵たちと浜松からきた三河の将兵たちとの間に決定的な溝ができ、今の状況ではその溝を埋めることはできないと判断された。このままいけば、城方を裏切って敵に内応する者が出てくるのは確実に思われた。そして、同じような事件は再び起きるであろうし、起きればもうそれを押さえることはできないと思われた。もはや最後の時はきた、これ以上篭城を続けるのは不可能であると結論された。最終の決断を下した三人は、絶望とも落胆とも安堵ともいえぬ、焦燥感とも無縁の一種落ち着いた気分に支配されていた。これですべてが終わったという気持ちであった。

そして、家康に使者を送り、開城の許しを得ることになった。その夜のうちに、乱波が正照の手紙を携えて浜松に送り出された。乱波は闇にまぎれて、天竜川を下っていった。さらに翌朝、狼煙をあげて浜松に最後の時がきたことを知らせた。

二俣からの使者の報告と手紙、狼煙による合図で、家康は二俣城がこれ以上持ち堪えられないことを知った。家康は、いよいよ来るべき時が来たという思いとともに、身体の内部を恐怖心にも似た緊張感が走るのを感じた。酒井忠次以下主だった部将たちを集め、事情を説明し、彼らの意見を聞いた。部将たちはいずれも、いよいよ自分たちの出番がきたという覚悟を表情に出し、緊張していた。さすがに、二俣城内の将兵たちは全滅するまであくまでも戦えと主張する者はいなかった。

「開城やむなし」

という狼煙が二俣城に向けてあげられた。それと同時に、武田軍との戦いに備えて準備の点検が指示された。

中根正照が降伏を申し入れてきたと聞いて、武田信玄は大きく息をついた。

「やれやれやっと片がついた」

という安堵の思いであった。

城方と武田方の間で交渉がなされ、十二月十九日に中根正照以下の城に籠もった将兵たちは城を出ることになった。その中で、浜松から派遣された三河の将兵たちはほとんど浜松に戻っていった。それに対し、遠江出身の将兵たちは、一部には三河の者たちと行を共にするものもいたし、また武田方に服する者、さらには帰農する者などさまざまであった。

二俣城の陥落がもはや避けられないことが誰の目にもはっきりしてきたころから、土豪や地侍の投降が増えてきた。開城が決まると、その中の主だった者には、病の恢復した信玄が直接引見した。

松井和泉守もその中にいた。一族の松井山城守は、すでに二ヶ月も前に武田方に服属していた。和泉守は表面上は武田方に従属していなかったが、武田軍が二俣城を囲んでからは、和泉守自身が城についての情報を武田方に教えていたし、篭城している将兵に対して内応するようにさまざまな工作をしていた。その上、遠江支配に役立つ情報をも伝えていた。和泉守が地侍たちに大きな影響力をもっていることもあって、信玄は和泉守の労をねぎらい、その功を賞した。和泉守は単に本領を安堵されただけでなく、領地の加増さえもされた。これは武田方の地侍対策の一環であり、土地の者への示威であった。

この他にも、武田軍に投降した侍たちの中に、貫名藤五郎という、体格が良く力自慢で勇敢な者がいた。彼は浜松の地侍であった。はじめは徳川方に属していたが、武田軍の遠江侵攻以来の戦況を見て、徳川に将来はないと判断した。それで徳川を見限り、二俣まで来て武田方に投降した。藤五郎のような考えの地侍は他にもかなりいた。

会見の席で藤五郎は信玄に豪語した。

「わたしを徳川攻撃の先鋒に是非ともお加え下さい。腕では誰にも引けをとりません。徳川の軍勢を散々に撃ち破り、大将首をご覧にいれまする。これからは武田軍の先鋒として、お館の上洛を実現するために粉骨砕身して働きまする。必ずやお館のお役にたちまする」

信玄は笑ってその申し出を承知し、藤五郎を切り込み隊として知られる小山田左兵衛尉信茂の隊に加えた。

後で、藤五郎は会見に同席していた仲間から言われた。

「お主、大きなことを言ったな」

「何、俺にとって当たり前のことを言っただけだ」

と答えて、藤五郎は笑った。藤五郎にとって、自分をできるだけ高く売りつけるためには、ほらを交えても大きなことを言って宣伝するのは当然のことであり、多かれ少なかれ誰もがやっていることであると思っていた。思い通りに、武田軍の先鋒である小山田隊に加わったからには、要領よく立ち回って手柄を立てずばなるまいと考えていた。それにより、少しでも自己の領地を増やし出世することを思っていた。

武田軍に投降してきた侍たちの中に相良兵部経吉の姿はなかった。

山内通義は、二俣城陥落の報を聞いてすぐに、兵部のところに駆けつけた。二俣落城を通義が告げると、

「そうか」

とだけ兵部は言った。

「これが最後の機会ぞ。武田に従わぬか」

と通義が誘うと、

「わしは武田にも徳川にもつかぬ。引退して農夫になる」

ときっぱりと拒否した。兵部の目は、もはや何を言っても無駄であると告げていた。その厳しい目を見て、通義はこれ以上兵部を説得するのを断念した。

その帰り、通義には兵部がうらやましくてならなかった。自分は兵部のように決断できなかったという悔恨の思いが残っていた。その決断の背後にあるものを恐れていたのだと通義は思った。農民になったのだからといって安全に無事に暮らせるわけではない。かえって無様な死に様を見せることになるかもしれないが、うらやましかった。そのためか、二俣城陥落という、武田軍に属している者にとって本来ならば喜ばしい報に対しても、心が少しも弾まなかった。勾坂の穴山隊の陣営でも、将兵たちは喜びに沸き返っていたが、通義は場違いな所にいる感じで素直に喜ぶことができなかった。ただ天方城に入るとき別れた妻の姿が目に浮かんだ。


中根正照、松平康安、青木貞治の三人は二俣城を開け渡して浜松に戻ってきた。さすがに二ヶ月に亘る篭城で三人は心身ともに疲れきっていた。それは誰の目にも明らかであった。徳川家康はその三人に篭城の労苦をねぎらった。

「二ヶ月もの間よくぞ頑張ってくれた。疲れたであろう。ご苦労であったな。今の情勢では、すぐにまた働いてもらわねばならぬ。そのときには頼むぞ。それまでしばらく休んでいてくれ」

三人は言葉もなく平伏した。三人とも開城の責任を追及されるものと覚悟していた。当然非難されるものと思っていた。実際三人が浜松城に戻ってすぐ、

「城を敵に差し出して、おめおめと生きて帰ってきおったわ。武士の風上にもおけぬ情けない奴らよ」

という非難の声が耳に入ってきた。それを肯定するかのような冷たい視線を感じていた。それだけに、家康の言葉は彼らの胸に深く染み透った。

三方ヶ原の戦い

二俣城の開城が決まった頃になって、ようやく待ちに待っていた織田信長から派遣された援軍が浜松に到着した。佐久間右衛門尉信盛、平手甚左衛門汎秀を大将とする三千の兵であった。

援軍の到着を待ち望んでいた徳川の将兵たちは喜んだが、兵力がわずか三千と知って城内に失望の空気が流れた。家康に向かって恨み言を述べる者もいた。

「信長というお方は冷たい人だ。わずか三千の兵とは。今まで我らが血の滲むような苦労で信長公を助けてきたというのに。我らが滅びるかどうかという瀬戸際にあるというのに、三千の兵しか送ってくれぬとは。これで武田勢と戦えというのか。何のために我らは織田のために多くの犠牲を払ってきたのか。我らを何と思っているのだ、信長は」

確かに家康も到着した援軍の人数を知って落胆したが、家康には別の考えがあった。佐久間信盛といえば、織田の家中にあって柴田修理亮勝家、丹羽五郎左衛門尉長秀と並ぶ重鎮である。その信盛を大将として送ってきたところに、信長は徳川をおろそかに考えているのでは決してないと思えた。現在の時点で信長の置かれている状況が多数の兵を派遣するのを許していない。そうした状況の中で、いろいろと工面して送ってきたのが三千の将兵たちであった。そして、さらに続けて援軍を送るという信長からの言伝もあった。

そこで家康はその家臣をたしなめた。

「信長公とて今は苦しい情勢にあるのだ。その苦しい中から、佐久間殿を大将として援軍を送ってくれたのだ。信長公も我らを助けようと精一杯努力してくれているのだ。そう恨み言を言うものではない」

二俣城が陥落したとき、

「いよいよ浜松の番だ。武田軍が攻め寄せてくるぞ」

と、徳川の将兵は誰もが緊張し、覚悟を決めた。しかし、浜松城に詰めていた遠江の地侍の中には、いつのまにか姿が見えなくなった者もかなりいた。多くの兵は、敵に対する畏怖のためかじっとしておられないこともあって、来襲に備えて篭城の準備に奔走していた。

家康は、武田軍の次の出方を探るために、乱波を総動員してその動きについての情報を集めていた。

二俣城が落ちれば、武田軍はすぐに津波のように浜松に押し寄せてくるであろうと思っていたが、落城の翌日、二十日、になっても武田軍は一つを除いて目立った動きを見せなかった。それは、井平に陣を布いていた山県隊が二俣方面に向かって東進し始めたということだけであった。それ以外には、二俣城やその周辺の道路を修復しているという情報だけであった。犬居から天方、二俣にかけての道路や城砦の修築は、二俣が落城する前からすでになされていた。このように、武田軍が浜松へ攻め寄せてくる気配はなかった。

予想外の武田勢の動きに、家康や旗下の部将たちは、はぐらかされたという思いと同時に、何か得体の知れない不安感が身体の奥底から沸き起こってくるのを禁じえなかった。彼らにとっては待つ以外に他にすることがなかった。織田軍の援兵を加えても、徳川軍の兵力八千と合わせて総勢一万一千にすぎなかった。それに対し、武田軍は少なくとも二万五千、あるいは三万を越えているようにも見えた。これでは、こちらから出撃して武田方に攻め込んでいくには兵力が少なすぎた。城に篭もって待つのみであった。今の家康にとって最大の願いは、武田軍がこの遠江から本国甲斐へ引き返してほしいということであった。信玄が病に倒れればそうなるだろうと思っていた。そのため信玄の健康状態が気になっていた。ところが、今のところ武田軍はそうした様子を露ほども見せていない。かわりに、一つの風評が流れてきた。二俣城が落ちてしまった今となっては、家康は臆病風に吹かれ、浜松に篭もって震えている。徳川軍はもはや手も足も出ない状態となって、武田方にとって脅威ではなくなった。そこで、武田軍はこれ以上臆病者の徳川にかかずらわずに京を目指して三河に進む。徳川軍は占領した二俣城からの監視で充分押さえられる。こういった内容であった。武田方から意図的に流されたものであった。

家康も旗下の部将たちもその風評を信じなかった。武田勢は浜松に攻め寄せてくると、あくまで信じていた。しかし、家康は心の中に動揺がおきるのを感じていた。実際に武田軍がこの風評どおりに行動したら、我らはどうしたらよいのか。それは我らにとって最悪の事態になるのではないのか。

この時点で、織田信長は畿内で反信長勢力に包囲され、苦しい立場にたたされていた。その信長にとって、最強の軍事力を誇る武田軍が尾張・美濃に雪崩れ込んでくることだけはどうしても防ぎたかった。少なくとも、少しでもそうした事態を遅らせ、時を稼ぎたかった。その間に包囲網の一部でも破り、武田軍を迎え撃つ準備を整えておきたかった。その旨を信長は家康に書き送ってきた。

そのためにもっともよいのは武田勢を甲斐へ追い返すことであったが、それは信玄が病にでも倒れなければほとんど無理なことに思えた。次善の策が篭城作戦であった。武田軍に浜松城を攻めさせる。家康にはその攻撃を数ヶ月持ち堪える自信があったし、その準備もしていた。そうすれば、その間は武田勢を遠江に釘付けできる。その時間を利用し、信長が態勢を立て直し、城を包囲している武田軍の背後から攻撃すれば、武田勢を撃ち破るか撤退させることができるという考えであった。これにより、武田軍の上洛を少なくとも遅らせることができるし、うまくいけば不可能にすることもできる、と信長も家康も考えていた。

そこで、信長は佐久間信盛と平手汎秀を援軍として送り出す際に、

「武田軍に対しては、篭城して戦え」

と命令していた。援軍が浜松に到着したとき、佐久間信盛は家康に向かって当然のごとく、

「篭城すべきだ」

と主人顔で説いた。ただ信長の考えでは、武田軍を遠江に足止めさせるための篭城作戦であった。武田軍が浜松城を攻めないで素通りするとなると、この足止めのための篭城作戦は破綻する。このまま武田軍を無傷で西上させるとなれば、家康の武将としての無能さを示すことになってしまう。ひいては、それは領国経営にも支障をきたすことになってしまうであろう。それではどうすべきか。そのときには城を出て西上する武田勢に一戦を挑むしかないのか。それで勝ち目はあるのか。それが風評を聞いたときに家康の心に浮かんだ懸念であった。しかも、その懸念は次第次第に広がりそうな気配であった。

二俣城攻囲中に体調を崩し病の床に臥していた信玄も、行軍に耐えられる程度に健康を快復して来た。それとともに、明らかに気力が充実し精気がみなぎってきた。信玄の胸中にも、新たに扉が開き、前途への光明が見出されていた。

二十日に、信玄は部将たちを集め軍議を開いた。それは今後の行動方針、特に徳川勢に対する、について全軍の意思統一をするためであった。

初めに、占拠した二俣城に依田下野守信守とその子源十郎信蕃を主将として入れ、城を守るように信玄は命じた。今後は、依田信守、信蕃父子が、天野景貫をはじめとした武田方に投降した遠江の地侍や土豪の協力を得て、遠江経営にあたることになった。徳川を遠江に封じ込めて、上洛の支障にならないようにするための監視役でもあった。

軍議の席上問題になったのは、徳川軍に対して今どのような軍事行動をとるべきであるかということであった。この二ヶ月以上もの遠江侵攻の間、徳川軍からの本格的な敵対行動は二俣城の篭城を除いてほとんどなく、大して打撃も受けていないことから、特に若手部将たちの間に徳川を軽んずる雰囲気を生んでいた。彼らの間には、徳川勢は武田軍を恐れ浜松城に居竦んでいてもはや抵抗できないであろうから、この際一気に徳川を踏み潰すべきだ、という勇ましいというか無謀と思える考えすらもあった。若手部将からは、当然、

「浜松城を攻め取るべし」

という意見が強く主張された。軍議に居並ぶ若手とはいえぬ部将の中にもその意見に賛同する者が

数多くいた。武田四郎勝頼もその意見に与していた。軍議はその強硬な意見に引きずられるように見えた。信玄はその様子に不満であったが、黙っていた。

するとし、

「徳川軍は弱いかもしれぬが、その背後に織田が控えているぞ。何でも織田の援軍が浜松に向かって東海道を東へ進んでいるというぞ。その数は二万とも三万とも聞く」

と口をはさむ者がいた。

「そんなものは噂に過ぎん。徳川の流した宣伝だ」

と若い部将たちがせせら笑った。

もちろん信玄もその噂は聞いていたし、それについてお気に入りの若手の武藤喜兵衛昌幸に調べさせていた。武藤昌幸は、真田幸隆の子で後の真田昌幸である。噂を調べた結果を武将たちに周知するのに丁度よい機会と考え、信玄は昌幸にその報告を求めた。

「たしかに、織田の援軍が佐久間信盛を大将として浜松に来ています。しかし、その数はたかだか数千、五千はいない程度です。さらに調べさせてはいますが、今のところそれ以外に援軍の来ている様子はありません。吉田から浜松にかけての街道筋には見当たりません」

と昌幸は報告した。その報告を聞いて若い者たちがざわめきだした。

「やはり、援軍のことは宣伝だったのだ。そうとわかれば今のうちに徳川を叩き潰しておくほうがよい。ただちに浜松を攻撃すべきだ」

その時、それまで黙っていた高坂昌信が、

「各々方、お待ちなされ」

と口を開いた。

「城攻めというのは時間がかかるものだ。二俣のような小城でさえも二ヶ月もかかった。浜松城といえば徳川の本拠だ。それが守りを固めている。三日で落とせるというようには簡単にはいかぬ。少なくとも、二十日や一ヶ月かかるのは必定ぞ。今はまだ織田の援軍は大して来ていないが、城を攻めている間には多くの援軍が駆けつけてこよう。しかも織田方には畿内、美濃、尾張から六万ないし七万もの軍勢を集める力がある。そのような軍勢に我らの背後から襲われたらどうする。我らが危機に陥ることになるぞ」

そこで、昌信は一座の部将たちを見回してから続けた。

「二俣城が我らの手にあれば徳川軍の動きは牽制できる。もう大した脅威にはなるまいから、徳川にかかずらわってこれ以上日数を費やすこともあるまい。今や、織田の先手を取って我らの目標に向かい三河、尾張へと西上の途につくべし」

それをうけて、

「しかし、徳川軍を今一度叩いておく必要はあるな。城攻めは時間がかかるとなると、外におびき出して潰すしかあるまい。どこがよいかな。適当な場所はないか、隼人佑殿」

と馬場信春が原昌胤に尋ねた。

「合戦の場となると、浜松の北西にある三方ヶ原という台地がよかろうと存じます」

と昌胤は答えた。

「うまくおびき出せるか」

と誰かが口をはさんだ。部将たちを見回しながら、信玄が引き取って言った。

「そこが問題だが、今の信春の考えを検討してみよう。この機会に徳川軍を叩いておく必要があるのは確かだ。徳川の力を殺いでおけばおくほど、我らにとって楽になる。かといって、いつまでもこの地にいるわけにはいかぬ。となると、野戦で叩くしかあるまい。昌胤の言うとおり三方ヶ原がよいとなると、徳川軍をそこにおびき出すにはどうしたらよいか、皆の存念を聞きたい」

すぐには誰も答えなかった。誰もが、徳川軍は城に篭もったまま容易に城を出ることはあるまい、と思っていた。すると、内藤昌豊が口を開いた。

「挑発しかありませんな。家康にも遠江の領主としての面子も意地もありましょう。出てこなければ面子がつぶれるような挑発をするのがよかろうと存じます」

それをきっかけとしてさまざまな意見、実際にとるべき方策についての意見が出された。さらには徳川と戦うときの具体的な陣立てもが議論され、二十二日に合代島を出陣することが決まった。

信玄はこの軍議にほぼ満足であった。これで当面の徳川勢に対する軍事行動について全軍の意思統一がなされたと思った。後は徳川の出方であった。家康が挑発にのってこない心配はあったが、他方で家康は必ず出てくるという確信が信玄にはあった。

武田軍が遠江に進攻して以来、家康は磐田原台地と二俣城の後詰の二度にわたって出陣してきた。それも一戦して勝つために出てきたのではない。それだけの気迫はなかった。最初から浜松城に篭もり、守りを固めているつもりであれば出てくる必要はないはずである。それを勝算はないのにわざわざ危険を冒して出てきたのは、家康が遠江の住民や地侍の目を意識している、と信玄には思われた。城に閉じ籠もっていては住民や地侍たちの信望、彼らに対する威信が失われてしまい、武田軍が引き揚げた後の遠江支配に支障をきたすことを家康は恐れている。今の情勢では、挑発すれば家康はそれに乗ってくる、いや乗らざるを得ない、と信玄は確信していた。もし挑発に乗ってこなければ、それは家康の恐れているような事態になり、家康を遠江に封じ込めておくのが容易になる。結局、家康が信長に協力して西上の前途に立ち塞がるのはほとんど不可能となる。つまり、家康は西上の障害にならないと信玄は判断していた。

二十一日の朝になっても武田方に目立つ動きはなく、徳川の方では武田軍の動向をはっきりつかめなかった。いろいろな噂というか情報が徳川方に流れ込んできた。武田軍は浜松城を攻めずに、神増の辺りからそのまま西に向かい三河に入る、という情報がひんぱんに入ってきた。

それと同時に徳川方の将兵たちを苛立たせ、憤激させるような噂も聞かれた。家康やその配下の部将たちは武田軍が怖くて城に籠もったまま震えているとか、武田軍を畏れるあまりに何をしてよいかわからず茫然自失の状態であるとか。兵士たちは皆逃げ支度をしている。ある部将はすでに何もかも捨てて一人で岡崎へ逃げていってしまった。恐ろしさのあまり発狂した武士が仲間を斬った。武田軍を前にして、徳川軍の内部は混乱の極みに達している。こういう類の徳川勢がいかに武田軍を恐れているかを表わす噂が広まっていた。

家康はその噂を聞いて、武田軍による攪乱工作の一環だなと思った。その内容については真実でないことがわかっていたから、多少むっと怒りを覚えた程度であったが、それの兵士たち、特に末端の足軽たちに与える影響を家康は憂慮した。下手をすると噂が真実にならないとも限らなかった。そして、この地の住民たちがその噂を信じるかもしれないことについて家康は案じた。

武田軍の出方がはっきりしないこともあってか、城内の空気もなんとなく落ち着きを失い騒然としてきた。城内でも、噂を聞いた殿は怒りのあまり武田軍に討って出るとか、殿は岡崎に引くことを考えている、といった根も葉もない観測がなされ始めた。

そんな雰囲気の中で午後になって、武田軍が出陣の準備をしているといった物見からの報告が家康にもたらされた。どこへ向かって出陣するのかまではわからなかった。三河へ向かうのか、浜松に来るのか。

そこで、佐久間信盛と平手汎秀をまじえて軍議が開かれた。武田軍の今後の行動について、依然として

「浜松城を襲うであろう」

という観測が支配的であった。それに対して当然のごとく、

「篭城して戦う」

方針が確認された。

「万一、浜松に来なかったらどうする。武田軍がここを攻めずに西に向かったときはどうする」

酒井忠次が一同に聞いた。

「武田軍がどうでようと我らは城に篭もる。それでよい」

と、佐久間信盛が自分の言う通りに従えといわんばかりに断定した。

「そんな馬鹿なことがあるか。敵が来なければ、我らは敵を追って戦うべきだ」

と、本多忠勝は顔を真っ赤にして信盛に噛みついた。忠勝は城内に広まっている噂に対する怒りで朝から苛ついていた。忠勝にとっては、信盛の言ったように籠城すれば噂を真実と認めることに他ならなかった。そんなことを認めるわけにはいかなった。それは、若い腕に自信のある徳川の侍に共通の気分であった。

「敵の誘いかもしれんぞ。誘いだして叩き潰そうというのかもしれんぞ。それでもよいのか」

「かまうものか。ともかくも、戦いもせずに敵に領内を通過されたとあっては、我らの名折れぞ。三河武士の意地が立たぬわ」

「ふん、負けてしまえば何にもなるまい。わずか一万そこその兵で三万もの敵にかなうわけがない。籠城以外に勝つわけがない。意地がどうのこうのと言うのは匹夫の勇に過ぎん。我らは信長公より、いかなる場合にも籠城せよと命を受けてきたのだ。籠城すべきだ」

と信盛は威丈高に言った。明らかに信盛は、家康を始めとした徳川勢は信長の代理である自分の命令に従うべきだと思っていたし、そのことを態度や表情に表わした。そこにいた徳川方の部将たちは一様に不快気な表情を浮かべた。

家康は信盛の顔を見つめながら、声高に言い募るその主張を聞いていた。信長は、いかなる場合にも籠城せよと本当に命令したのか。そんなはずはない、と家康は思った。信長は、武田軍が抵抗も受けずに無傷で、迅速に西上するのを恐れているはずだ。現時点では、武田軍を迎え撃つ準備が信長にはまだできていない。それ故に、今まで受け取った信長からの手紙では、武田軍を遠江に釘付けして、できるだけ時間を稼いで欲しいといってきている。信長の言う篭城とは武田軍を足止めするための戦術であり、篭城しても止めることができなければ別の手を打つことを考えなければならない。それをこの信盛は、いかなる場合にも篭城と言った。この男は信用できないな、と信盛の尊大に構えたずるそうな表情を見て家康は思った。

抵抗もせずに武田軍の領内通過を許した場合に、家康には心配な点がもう一つあった。それは、遠江の領主として、遠江を支配する者としての憂慮であった。遠江の地侍や住民に対して面目を失ってしまうのではないかという思いであった。他国の軍隊が勝手気侭に領内を荒らしまわっているというのに、何の抵抗もできないような弱い領主では頼りにできない、と地侍や住民が家康から離反していくのではないか、心配していた。それは実際に杞憂ではなかった。武田軍が遠江に侵攻後、徳川から離れて武田に服従する地侍や土豪はたくさんいたし、二俣落城後にはその数はさらに増えていた。このままの状態が続けば、戦に負けなくても負けたのと同じ結果になり、遠江からの撤退に追い込まれるかもしれない、と家康は思っていた。そうなるくらいなら、ここで思い切って戦った方がよい結果が出るのではないか、と賭ける気になった。

議論はまだ続いていたが、家康は断を下した。

「武田が浜松を攻めないで西へ向かうようであれば、われらは城を出てその後を追う。敵は大部隊であるし、我らほどこの地の地理地勢に明るくないから、途中で必ず隙を見せよう。その隙に乗じて急襲すれば、我らにも充分勝算はある。我らとて一万を越える兵がいるのだ。全力でぶつかれば必ず勝てる。織田家の方々にもご助力願いたい」

信盛はそれを聞いて、若僧が何を馬鹿なことを言っているというような表情を見せて何か言おうとしたが、隣の平手汎秀に制せられて口を開かなかった。そして、馬鹿馬鹿しいといわんばかりにすっと席を立った。

それを見て、家康は佐久間信盛は自分たちと行を共にしないのではないかと思った。


二十一日に山内通義らは勾坂を出発し、合代島の武田本隊に合流した。勾坂には、武田方に従属した地侍たちの中から選ばれた者が残り、二俣城を任せられた依田信守の指揮下に入ることになった。通義も勾坂に残ることを希望したが、それは容れられずに、穴山隊の一員として西上する軍に参加することになった。

通義は、いよいよ引き返すことのできない段階に歩を進めることになると思った。徳川軍と戦うことになるかどうかはわからなかったが、戦自体から逃げ出すことはできない。できればこの状況から逃げ出したい、相良兵部のように隠棲したいという思いが通義の胸の中に埋み火のように燻っていた。貫名藤五郎のように合戦で手柄を立てるなどとは思いも及ばなかった。それゆえ、勾坂に残ることを望んだが、かなえられなかった。通義は、戦闘準備を整え気勢をあげている武士たちの中にいても、気分は少しも晴れず昂揚しなかった。ただ、その場にいることが疎ましくてならなかった。

久蔵や新助にはとくに変わった点は見当たらなかった。新しい事態になっても、以前と同じように当然のごとく振る舞っていた。彼らには、どのような状況になっても、自分たちの任務を果たすだけであるといった覚悟のようなものが見受けられた。

十二月二十二日早暁、武田信玄は全軍に出発を命じた。まだ夜が明けきらず暗さが残っている中を、武田軍は隊列を組んで動き始めた。諏訪明神と風林火山の旗が並び立つ下に、信玄は諏訪法性の兜をかぶり馬に乗って全軍の様子を見詰めていた。将兵たちもその信玄を眺めながら行進を始めた。

山内通義もその中にいた。通義としては、不本意で気の進まないことではあるが、武田軍と行を共にするしかなかった。前途に明るい光が見えているのではなく、深い霧がたちこめているように感じ、漠然とした不安感があった。

信玄は将兵の出陣する様子を見ながら、

「はたして徳川の小僧は、刃向かってくるかな」

と思っていた。どちらにしても、今日、徳川の息の根を止め、上洛の障害を除くつもりであった。

その信玄に、凍りつくような冷たい風が吹きつけてきた。

それからしばらく後、夜も開けきり空が明るくなった頃、浜松にいる徳川家康のところに物見から知らせがあった。二俣城のすぐ南の鹿島で武田軍が天竜川を渡っているし、その下流の神増付近でも渡り始めている、と。神増は先に家康が二俣城の後詰に行ったとき、武田軍の馬場隊に追われて逃げ帰ってきたところである。

その報せを聞いて、家康は緊張のあまり顔が青ざめ、体が硬くなっていくのを感じた。いよいよ来た。この後、武田軍は浜松に押し寄せるのか、それともそのまま西へ向かうのか、どちらだ。次の報せを、

「早くせよ」

と、大声で叫びたい気持ちをかろうじて押さえ込みながら待っていた。

すると、一隊は天竜川に沿って南下しているという情報が入ってきた。すぐ続いて、武田軍の本隊が秋葉街道に入り浜松を目指して進んでいるという報告がきた。

家康は篭城を決意した。すぐに、一部の物見部隊を除いて全軍に対して浜松城に入るよう命じた。篭城となれば城の外に兵を置いておく理由はなかった。城に入ったどの将兵の顔も、いよいよ来るべき時が来たことを表わしていた。武田軍は、二手に分かれてゆっくり南に向かって進んでいた。

武田軍が城に近づいているという気配のためか、城の内外が落ち着きなくざわめいていた。

城の望楼から、はるかかなたに大部隊の移動しているらしい様子が見て取れた。砂埃がはるか遠くに見え、次第次第に大きくなってきた。その砂埃のなかに林立する畑指物が見えてきた。さらには人馬らしいものの姿が現われてきた．

それらが巨大な塊となり、喚声とともに城に向かって突撃を始めるのではないかと思われた途端、砂埃や旗指物、人馬の姿は、城とは異なった方向に進みだした。

「向きを変えたぞ」

「城には来ないぞ」

「敵は逃げたぞ」

といった声があちらこちらから湧き起こってきた。

武田軍は城から四、五キロほど北の有玉村で西に転じた、という報せが物見から入った。武田軍の一隊が有玉村よりさらに南側、城に近い側を悠然と西に向かうのが望見された。それは、まさに徳川など眼中にないといった様子であった。徳川の本拠を通り抜けながら。

家康を始めとした部将たちは一様に狐につままれたような表情を浮かべた。彼らは、当然のことながら、武田軍はまっすぐに浜松城を目指してくるものと思っていた。ただ、城を攻撃にくるにしては進軍速度が遅いなとは感じていたが、それも伏兵でも警戒しているのではないかと思っていた。それだけに、方向を転じるとはどういうことか部将たちは理解し得なかった。数人集まってはぼそぼそと議論していた。その中に、

「今こそ好機だ。城を討って出よう。敵の側面をつけば勝てるぞ」

という勇ましい意見があった。

そうこうしているうちに、武田軍は欠下から三方ヶ原台地を登り始めたという報せが届いた。武田軍は城から遠去かろうとしていた。それを聞いて部将たちは騒然となった。ある部将は、

「敵は浜松を攻撃せずに三河へ向かうのだ」

と言い、別の部将は、

「これは罠だ。我らを城から誘き出し、その隙に攻撃しようというのだ」

と主張した。また別の者は、

「攻め口を変えるのだ。回りこんで背後から攻めてくるのではないのか」

と言った。皆、武田軍の意図を推し測りかねていた。

三方ヶ原台地の南端、もっとも浜松よりの追分で武田軍は休止し、陣形の整備をしているという報

告があった。その頃には、城内でも、織田の援将二人を含め、部将たちを集め軍議が開かれていた。すでに正午になろうとしていた。

武田軍の意図についてさまざまな意見が出た。それらの意見は大別して、武田軍はこのまま三河へ進むであろうという考えと、浜松城攻撃のための作戦行動ではないかという考えの二つであった。ただ、三河へ進むにしては行軍速度があまりにもゆっくりしているのと、天竜川を渡ってそのまま西の都田方面へ向かわずに、わざわざ南下して浜松へ迂回してきたのが不審であった。この行動は徳川の将兵をいたく刺激していた。

「信玄は我らを馬鹿にしているのだ」

「臆病者め、悔しかったらかかってこい、と敵は言っているのだ」

といった感情にはしった憤りの声が出てきた。

家康はそれを聞いていて、確かにそのとおりだと思った。城までほんの数キロに迫りながら、わざとのようにゆっくりと城下を通り過ぎてゆく武田軍は、まさに、

「徳川の臆病者よ。我らに手も足も出ぬ腰抜け者め」

と、威嚇しながら罵倒しているように思えた。特に若い者たちにとって、感情的になるな、というのが無理に思えた。その一方で、これが敵の意図ではないか、我らを挑発して怒らせ、戦に持ち込もうとしているのではないか、とも思っていた。

対応策を協議しだすと、佐久間信盛は真っ先に篭城を主張した。徳川の部将たちの中にも、信盛に賛成して城に篭もることを主張する者がいた。重臣たちの多くがそうであったし、酒井忠次もその一

人であった。しかし、血気盛んな若手の部将たちは、それまでの武田方の挑発に興奮していたこともあり、城を出て武田軍に合戦を挑むことを声高に主張した。

「昨日決めたのではないか。敵が攻めてくれば城に篭もるし、敵が去ればこれを追って撃つ。敵は去ろうとしている。当然、後を追って戦うべきだ」

これに対し信盛は、

「今の戦力で武田に勝てると思うのか、馬鹿め。闘志だけでは勝てぬわ。お前たちの言っていることは匹夫の勇にすぎぬわ」

と嘲った。これには、二、三の若手の部将が怒りの表情もあらわに信盛に詰め寄ろうとした。それを制しながら家康は、信盛に対する反感が募るのを禁じえなかった。信盛の口調から、信盛は織田信長の威光を借りて徳川を見下し馬鹿にしている、と家康はすでに感じていた。明らかに家臣たちも同様な感情を持っていた。

そこに物見から、武田軍が三方ヶ原台地を北上し始め浜松から遠去かろうとしている、と報告が入った。

家康は心を決めた。

「城を出て戦う」

と一気に早口で言った。家康も、血気盛んな若者たちを支配している雰囲気に影響されたかのようであった。

軍議の席は一瞬呆気にとられた。それから突然ざわめきだし、家康に反対する者たちが口々に言い出した。その中に、信盛の何を世迷いごとを言っている、と言わんばかりの発言を家康は耳にした。

いくら反対されようと、家康はその考えを撤回しようとしなかった。やがてざわめきが収まりだした。家康は青ざめた泣き出しそうな表情で、ぼそぼそと囁くように言いだした。

「誰でも、他人が多勢で自分の屋敷の中を傍若無人に通り抜けようとすれば咎めだてしよう。ましてや、敵の軍勢が我が城下を自らの領地であるかのように自侭に通り過ぎようとしているのに、一矢も報いずして我らに何の面目がある。たとえ負けるようなことがあっても一戦すべし。勝敗は時の運ぞ。兵の多寡は問題ではない」

それを聞いた途端に、それまで家康に反対していた部将たちもが、城を出て戦うべし、と口々に言い出した。その場の雰囲気は一瞬にして戦場の空気に変わった。

この思いもかけない展開には佐久間信盛は憤然として、

「何を馬鹿なことを言ってやがる」

と叫びながら、家康に詰め寄ろうとした。すると、信盛の前に血相を変えた徳川の家臣が、老いも若きも、二重三重に立ち塞がった。中には刀の鞘に手をかける者もいた。信盛は憮然とした表情で引き下がらざるをえなかった。

家康という男は何と子供っぽいことを言う。それに賛同する家臣たちも家臣たちだ。ただ面子のためだけに、勝つあてもない戦に我らの命を投げ出させようというのか。信盛は、自分が織田家を代表してきているからには、当然自分の意見が通るものと思っていた。自分の意見を受け容れるのが徳川の置かれている立場であると思っていた。それがあろうことか、家康の一国の領主とも思えぬ一言であっさりと捨て去られてしまった。信盛の気持ちは、援軍という立場を忘れ、家康から、徳川から離れてしまった。馬鹿馬鹿しいことになったという思いを通り越し、家康とその家臣たちに嫌悪感を覚えた。

他方、同じ援将である平手汎秀の考えは信盛と違っていた。出陣を決めた家康と家臣たちの振る舞いに初めは呆気にとられていたが、すぐに、援軍として来ている以上総大将の考えに従って戦うまでだ、と割り切った。

家康は、単に屈辱と怒りの感情に流されて武田軍との戦いを決意したわけではない。家康には、佐久間信盛などと違って、領主として遠江を支配していかなければならないという立場があった。家康に、地侍や住民たちが心の底から従っているという自信があれば戦う必要はなかった。二俣の籠城の際にも現われた三河の兵と遠江の兵との反目にも見られるように、地侍や住民たちは家康に完全には服していなかった。新参の支配者としては当然のことであった。こうした状況では、このまま手をこまねいて武田軍を通過させたとあっては、地侍や住民たちは家康を頼りにならぬとして見限り反乱を起こすであろう。そうなっては、遠江の支配どころか、遠江から撤退せざるを得なくなってしまう。それこそ勝敗の問題ではなく、一戦を挑むことで、家康は領民たちの気持ちを繋ぎとめなければならなかった。

また、織田信長にとっても、武田軍が何の抵抗も遭わずに無傷で即刻西へ向かうのは由々しい問題であるはずだ。それを佐久間信盛ほどの男であれば知らないはずはない。それにもかかわらず、このように執拗に籠城を主張する信盛に対して、不審の念を家康は抱いた。信長の命令を自分の都合のよいように故意に変えて主張しているのではないか。たとえ籠城しても、信長にとって不本意な結果になれば、この男は信長にどんな告げ口をするかわかったものではない、と家康は思った。

二十一日払暁、武田信玄は軍勢を二手に分けて浜松に向かった。山県昌景の率いる一隊は、大天竜、小天竜と呼ばれている二筋に分かれて流れている天竜川の間を南下した。信玄の率いる本隊は小天竜の西側の秋葉街道を浜松に向けて進んだ。

信玄は、合代島を出て以来、徳川軍の動きにいつでも対応し、即座に戦闘行動に移れるような警戒態勢を全軍に取らせていた。行軍速度を故意に落とし、傍若無人とも思えるわざとらしい行軍により徳川軍の攻撃を誘おうとした。徳川勢との戦闘が起きれば、その混乱に乗じてあわよくば浜松城まで攻め込むつもりでいた。全軍を二つに分けたのもその対策であった。一方が攻められたとき、残りの一隊が攻撃してくる徳川軍の背後、状況が許せば浜松城を攻める心積もりであった。

本隊の先頭が有玉に差し掛かったとき、空はどんよりと曇り、冷たい風が吹きつけてきた。それまで徳川の物見部隊が武田軍の周りをうろつき、その行動を常に監視していた。ときおり銃声がし、矢が飛び交うことはあっても、本格的な戦闘は起こらなかった。

有玉で、信玄は本隊に西へ転ずるように命じ、山県隊にも本隊のさらに南側を西へ向かうように下知した。武田軍は敵の眼前をこれみよがしに悠然と進んでいった。徳川勢は居竦んでしまって、手出しのできない様子であった。

この間行軍しながら、ここでは徳川は恐らく攻めてこないだろうと信玄は考えていた。ここで戦いをする利点は徳川にとってなかった。あまりにも本拠に近すぎるため、有利でない賭けをするには危険すぎた。これまでの行軍は。この後徳川を誘い出すための布石であった。徳川の将兵の感情を逆撫でし刺激するためにわざとしていた。

欠下で三方ヶ原台地に上り、台地の南端の追分で信玄は全軍に休息を命じ、陣形の整備をさせた。山県隊ともここで合流した。

信玄にとってこれからが本番であった。この台地上に徳川勢を誘い出し、壊滅させなければならなかった。上洛のための重要な一手であった。

信玄は徳川の若僧が挑発にのって出てくる可能性は六分四分と読んでいた。篭城したまま出てこなければ、乱波を用いて、徳川の腰抜けぶりを喧伝し、遠江内部で反乱を起こさせる攪乱工作を行って、家康を封じ込めるつもりであった。

どんよりと曇った空から吹きつける冷たい風にのって雪がちらつきだした。武田軍は台地上をゆっくりとけだるそうに北上し始めた。あたかも獲物が簡単に獲れると錯覚を起こさせるかのような歩みであった。徳川勢に攻撃したいという欲望を引き起こさせるためであった。他方で、徳川勢にできるだけ多くの打撃を与え犠牲を増やさせるためには、浜松城からできるだけ遠くまで徳川軍を誘きださなければならなかった。合戦のなかで一気に城まで浸けこんで、城を攻略するのは無理であろうと、信玄は思っていた。それほどうかつな戦い方を家康はしてこないであろうと。

貫名藤五郎はその軍勢の中にあって興奮していた。一刻も早く敵に相まみえ戦いたいと思っていた。そのためか常に周囲を気にし、きょろきょろと辺りを見回していた。そして味方の誰彼をつかまえては、自分が如何に強いか昔のことを引き合いに出して自慢をし、絶対に手柄をたてると豪語していた。一つには、加わって間もないなじみの薄い自分を、武田軍の内部に売り込み、自分の存在を味方の中に印象づけるためであった。

山内通義の方は、そうした藤五郎とは対照的であった。勇んでいる軍勢の中にあって、味方と言葉を交わすでもなく、とぼとぼと付き随っているまったく目立たない存在であった。


武田軍が三方ヶ原台地を北上して祝田を目指しているという情報が入ってしばらくすると、徳川家康は全軍に追撃を命令した。三方ヶ原台地は北に向かってほんのわずかな上り坂となっている、松と雑草が生じているだけの原野であった。その北端は崖となっていて、崖を降りる道もかなり急な狭い下り坂であった。その坂を下りた地点が祝田であった。家康は、武田軍が祝田の坂を下っている途中を上から攻撃すれば勝機は充分にあると考えた。そこで、物見に武田軍を監視させながら、勝利の予感を胸に秘めて、家康は武田軍を追い始めた。将兵たちも先ほどの屈辱と憤激に駆り立てられるように動き出した。

軍議の席やその後の佐久間信盛の様子から、織田の援軍はこの追撃戦に参加しないかもしれないという心配が家康にはあった。しかし、織田勢が城に閉じこもったまま出てこなければそれでよい、自分の手兵だけで戦うだけだ、と家康は腹をくくっていた。実際には、家康が浜松城を出撃すると、その後から、信盛と平手汎秀の率いる織田軍がのこのことついてきた。

信盛は、武田軍を追って城を出て行く徳川勢と、それを気にしながら指図を待っている部下を見て、馬鹿らしいことになったと苦々しく思い、いっそのこと我ら織田勢だけで徳川の城に篭もるかと考えた。そこへ汎秀がやってきた。

「右衛門殿。徳川勢は出撃していきますぞ。我らも続いて出撃しようぞ。出撃しなければ援軍としてきた我らの一分が立ちませぬ。ともかく私の部隊だけでも出陣します」

と断固とした調子で声をかけてきた。それを聞き、とっさに頭に浮かんだのは、主君である織田信長の顔であった。徳川方への助勢を命じられてきながら、家康の方針に従わず城に篭もっていたとあっては、お館はどんなに怒ることか。あの癇癖の強いお館のことだから切腹を命じるかもしれない、と震えた。それを思った途端、信盛は部下に出撃を命じた。

家康は三方ヶ原の台地上に出た。物見の報告によれば、武田軍は徳川勢を見下しているかのようにゆっくりと北上を続け、やがて台地の北端に到達する頃であった。家康は軍をまとめ直し追撃態勢を整えた。そして、戦術眼を持つ若手の部将の中から鳥居四郎左衛門忠広を選び、斥候に出した。その後でさらに渡辺半蔵守綱も物見に派遣した。それから、徳川軍は武田勢の進んだ跡をたどってゆっくりと北上を始めた。

その頃武田信玄も、徳川軍が浜松城を出て台地上を追ってくるという情報を得た。信玄は

「出てきたか」

と短く低い声で言い、にやりと笑みをもらした。これで計算通りの展開になってきたと思った。武田軍は台地の北端の坂上で停止した。信玄は、徳川軍を迎え撃つ準備に入るよう下知した。

まず、小荷駄を護衛していた部隊が坂を降り、坂の下を警戒した。それから小荷駄を運び始めた。その様子は、ちょっと見には、これから武田軍が坂を下りるための準備をしているように見えた。

信玄は、原昌胤の調査により、どの地点に陣を布くかすでに決めていた。北端の坂の降り口から南に四百メートル、大きな松の木のあるところに本営を構えた。本営の背後に後備として穴山信君隊を置いた。本営の前には第二陣として右に武田勝頼隊、左に内藤昌豊隊を配置した。さらにその前の最前線には、中央に小山田信茂隊、その右翼、台地の西側に山県昌景隊、左翼、東側に馬場信春隊を布陣させた。この武田軍の陣形は魚鱗の陣といわれるものである。

小荷駄を坂下に運び、一種偽装的な動きをした小荷駄隊も、小荷駄を守るに必要な兵を除いて、坂上に戻り穴山隊の後ろに位置した。

徳川方の物見は小荷駄隊の様子を見て、武田軍は坂を降りると速断し、家康にその旨を報じた。それを聞き、家康は

「しめた、勝てる」

と喜んだ。それまでわずかな可能性であったものが、確実に勝てるという思い込みに変わった。明らかに感情に流され、慎重さを欠いていた。

徳川軍は武田軍の追跡速度を速めた。武田の陣まであと五、六キロであった。

そこへ鳥居忠広が斥候から帰ってきて報告した。

「敵は網を張って我らを待ち構えています。敵の兵力は我らの倍以上で、しかも士気は旺盛であります。

とても我らに勝ち目はございません。ここは退くべきです」

その報告を聞くと家康は怒りがこみあげてきた。こうした弱気な報告が、これから戦おうとする将兵の士気に及ぼす影響を恐れたこともある。それ以上に、せっかく掴んだ勝利への確信が、その報告により揺すぶられたことによる感情の暴発であった。

「お前は臆病風に吹かれているから、そんな報告をするのだ」

と、家康は忠広を怒鳴りつけた。

「拙者が臆病者だと。よくぞ言うたな」

と大声で怒鳴り返し、忠広は家康をにらみつけ、憤然として立ち去った。

その後に戻った渡辺守綱の報告も忠広と同様であった。

家康は、勝利への思い込みと忠広らの報告によりもたらされた一抹の不安とを併せ持ちながら、坂を降り始めているはずの武田軍を押し包むように、全軍に台地一杯に展開するように命じ、北へ進んだ。

雪が次第次第に激しくなってきた。

敵を崖上から攻め落とすつもりで進んできた徳川勢の前方に武田軍が姿を現わした。武田軍は充分に戦闘態勢を整え、徳川軍が来るのを待っていた。武田勢を見るや、徳川軍は気を呑まれたように動きを止めた。そのとき、徳川軍は鶴が翼を広げたように横一列に展開していた。右翼、台地の東側から、酒井忠次隊、織田の援軍、小笠原長忠隊と続き、中央には石川数正隊が位置し、その左翼に、家康の旗本から選抜された本多忠勝隊、榊原康政隊、大久保忠世隊を布陣させた。家康自身は、予備隊として残りの旗本とともに石川隊の後方に陣を布いた。

家康は武田軍を見たとたん、

「しまった」

と思い、冷や汗が噴き出すのを感じた。大した根拠もなく思い込みでたてた甘い見通しに裏切られ、敵の罠に落ちたことを悟った。その瞬間、陣を布くのがやっとで、ほかにどんな判断や行動もとることができなかった。

午後四時を過ぎようとしていた。徳川軍は陣を布いたまま動けなかった。凍りつくような恐怖感があった。今にも崩れ落ちようとしていた。武田軍より先に動くことはできなかった。いわんや、逃げることは不可能であった。逃げようとすれば、それは死につながっていた。今は、恐怖を支えとして、敵とじっと睨み合っているしかなかった。


武田信玄は待っていた。徳川勢が姿を現わすのを。布陣している武田軍の前方に、徳川の将兵がこちらに向かって進んでいるはずであった。予想通りに事態が推移していることに信玄は満足であった。

武田軍の前面に、徳川軍は横一列に展開して現われ、陣を布いた。

物見から、

「徳川勢は一重に展開していて、士気もそれほど高くはない」

と報告があった。それを聞いて、信玄は
「一重に展開しているとな」

と思わず口に出した。

徳川勢の布いた陣形は兵力の多い側がとる戦法であった。それをあえて小勢の側がとった。信玄は、これで勝利は間違いないと確信した。しかし、疑問は残った。何か裏がありはしないか。家康は、なぜ少数の兵力を広範囲に分散させたのか。家康は最初から勝ちをあきらめたのか。それとも、家康の若さか。家康は武田軍と戦ったという名分だけが欲しいのか。どのみち勝てないのなら、できるだけ損害を少なくしようと考えているのか。

信玄は慎重に戦わなければならないと思った。勝利は間違いないとしても、徳川勢に与える打撃が少なくては、上洛の目的にとって有効にならないと思っていた。

信玄は前衛と第二陣に指令を発した。前衛は徳川軍に攻めこませてできるだけ中に引き入れよ。第二陣は攻めこんできた徳川軍の背後に回りこんで攻めよ。徳川軍を包囲して壊滅させる意図であった。

薄暗くなってきた。雪は激しくなり冷たい風が強く吹いてきた。そのためか周囲をみわたすと白っぽく見えてきた。枯れた雑草の上にはうっすらと雪が積もりだした。寒気は厳しくなってきた。

両軍が睨み合ったまま三十分が過ぎた。徳川の方は凍りついたように動けなかった。

信玄は徳川勢の出方を探りながら動き出すのを待っていた。しかし、これ以上時間的に遅れると暗くなってしまう。そうなってしまっては、相手に大した損害を与えずに取り逃がしてしまう恐れがある。もはや待つわけにはいかなかった。徳川軍が手を出さないとあっては、こちらから仕掛けなければならないと考えた。物見の報告によれば、織田の援軍には戦意が見られないという。そこをつけば徳川勢は簡単に崩れよう。しかし、それでは勝利を得ることは間違いないとしても、徳川方に与える打撃は大きくならない。そこで、信玄はカカリカンを用いることに決めた。戦意の旺盛な相手を挑発して怒らせ、攻め込ませることにした。信玄の指示を持った伝令が小山田隊に走った。

いつしか雪は小降りになっていた。

小山田隊から百人余の徒歩の兵が石川隊の前方四、五十メートルほどのところまで近づいてきた。いきなり石礫が雨霰のように石川隊の将兵に降りそそいできた。兵たちは度肝をぬかれ、一瞬呆然とした。次の瞬間、石礫を顔にまともにくらいひっくり返ったり、思わずしゃがみこんだり、なかには馬から落ちる侍もいた。隊列に混乱が生じてきたが、兵たちは必死になって鎧兜にあたる石礫に耐えた。顔や手足から血を流すものが出てきた。すぐには効果的な反撃をすることができなかった。

石礫の嵐がやんだと思うと、投石隊が引き揚げ始めた。そのときには、いつのまにか小山田隊が石川隊のすぐ前面にまで前進して来ていた。それと同時に。石川隊の中から数十騎の騎馬武者が弾けだすように駆け出し、それに続いて石川隊の将兵が全員小山田隊めがけて突撃を始めた。彼らは、睨み合いによる緊張感が投石のため切れると、石礫などで我らを馬鹿にしていると怒りがこみあげてきた。その怒りに駆られて眼前の敵に向かって突進し始めた。

石川隊と小山田隊が激突した。双方がもみ合ううちに、小山田隊がじりじりと後退を始めた。その後退に勇気づけられて石川隊は奮い立った。睨み合っていたそれまでの恐怖心から解き放たれ、槍や刀を振りかざして前へ前へと進んだ。小山田隊は踏みとどまっては反撃し、前へ出ようと試みるが、石川隊の勢いに押され、少しずつ少しずつ後退していった。

石川隊と小山田隊が戦闘状態に入ると、石川隊の左翼に位置していた本多隊、榊原隊、大久保隊も前進を開始し、最左翼の大久保隊から順次山県隊と戦いだした。山県隊も徳川勢の勢いに呑まれてか、後退と前進を繰り返しながら、結局は後方へ押されていった。

その頃には、右翼の酒井隊も馬場隊との戦いに突入し、たちまちのうちに中央や左翼と同じように優勢にたち、相手を押しながら少しずつ前進しだした。

今や徳川勢は、戦闘状態に入った全局面で優位に立ち、武田勢を圧倒するように見えた。一部を除いて徳川軍の全将兵は勝利を予感し勇み立っていた。闘いの始まる前は蒼ざめた顔で武田方を見詰めていた家康も、戦闘が始まるや顔を真っ赤にして、

「かかれ、かかれ」

と大声で喚きながら、馬を乗り回して采配を振るっていた。

しかし、その家康にも気がかりな点があった。味方が優勢になっているにもかかわらず、織田の援軍が戦いに加わらずじっと立ち竦んでいることであった。織田の援軍からはまったく戦意が感じられなかった。

家康から攻撃を催促する伝令が佐久間信盛のところにきた。それでも信盛は動こうとしなかった。信盛の目の前では、確かに徳川勢が武田勢を圧倒して優勢に戦いを進めていた。しかし、徳川方はほとんど全員が全力を傾けて戦っているのに対し、武田方で戦っているのは一部の部隊にすぎなかった。武田軍の新手の部隊が戦場に投入されれば、状況が一変するのは自明であった。その時期はいつか。信盛の最大の関心事は、如何に被害を受けることなく戦場から離脱するかであった。進んで出て、武田勢と刃を交える気はまったくなかった。

平手汎秀は気が気でなかった。今や武田方に攻撃をかける絶好の機会に思えた。そうすれば、武田勢を崩せるように思えた。しかし、僚友の佐久間隊には動く気配がまったくなかった。そのため攻撃を躊躇っていた。自分の部隊だけで攻撃する決心がつかなかった。

武田軍の前衛は、徳川軍の果敢な攻撃にあい、四、五百メートルも後退した。ただ後退はしていても、武田軍の陣形に乱れはなかった。

武田軍の本陣からひときわ大きく貝が吹かれた。暗くなった夕空に貝の音が響きわたると、太鼓の乱打される音が続いた。

貝の音を合図に、それまでずるずると後退していた武田軍の前衛の動きが変わり、徳川勢の攻撃を立ち止まって支え、押し返そうと試みた。徳川方の動きも止まったように見えた。すると、武田軍の二陣が左右に広く展開し、外側から回り込む動きを示した。

酒井隊の斜め前方から内藤隊が突如として突っ込んできた。酒井隊は思わず前進を止めわずかに後退したが、持ち直して攻撃目標を馬場隊から内藤隊に変えた。その隙に酒井隊の前面から馬場隊が姿を消した。

中央では小山田隊が盛り返して石川隊を押しだした。そのため石川隊は崩れかけたが、その側面から小笠原隊が小山田隊に攻撃を仕掛けた。石川隊も態勢を立て直して小笠原隊とともに攻め立てたので、小山田隊はふたたび押されて後へ下がった。石川隊も態勢を立て直して小笠原隊とともに攻め立てたので、小山田隊はふたたび押されて後へ下がった。

中央と右翼の間隙を縫って、山道の旗を先頭に馬場信春の指揮する騎馬隊が織田の援軍の前に突如として姿を現わした。それまで佐久間隊も平手隊も戦場にいながら戦うこともなく傍観していた。そこへ勇猛をもって知られる騎馬隊が、薄暗がりのなかを土ぼこりとともにいきなり襲いかかってきた。

佐久間信盛は恐怖心にうたれ、とっさに悲鳴をあげるように退却命令を出した。佐久間隊は、馬場隊と一戦も交えることなくあっというまに逃げ出した。

佐久間隊が逃げ出した後に騎馬隊が突入してきて、そのまま平手隊に襲いかかった。佐久間隊に置き去りにされた平手隊は、かろうじて踏みとどまって戦おうとした。しかし、僚友の逃亡を知って動揺した将兵たちは、騎馬隊が突入するやいなや四散してしまった。

ほんの一瞬の間に、徳川軍の一郭は崩れてなくなってしまった。右翼では酒井隊が孤立して内藤隊と闘っていた。

左翼では、勝頼隊が迂回をし、優勢に山県隊を攻めている徳川勢の背後に出た。武田勝頼に率いられる騎馬隊は、大の旗印を先頭に押し立て、西側から戦場を横断するかのように駈け抜けだした。徳川勢は突風をくらったかのように混乱しだした。それと同時に、山県隊が徳川勢に一斉に突撃した。左翼の徳川勢は一挙に崩れた。

勝頼隊は勢いに乗って中央の石川隊に攻めかかった。石川隊は全員馬を降り槍の穂を立てて、騎馬隊の攻撃を防ごうとしたが、次から次へと波状的に襲いかかってくる騎馬隊の攻撃を堪えきれずに敗走しだした。その間に小山田隊も再度攻勢をかけてきたので、石川隊と小笠原隊は崩れた。

織田の援軍を蹴散らした馬場隊は家康の本陣に攻め込んできた。家康は、前線から逃げ戻った将兵たちを含めて、その攻撃に対抗しようとした。右翼で孤立して内藤隊と戦っていた酒井隊に、小荷駄隊の甘利・米倉隊が側面から攻撃を仕掛けた。彼らは小荷駄を坂下に運びおろした後坂上に戻り、予備隊として穴山隊と並んで最後尾に位置していたが、信玄の下知により、徳川軍の中でしぶとく抵抗している酒井隊に横槍を入れた。酒井隊を援護するはずの諸部隊はすでに失われていた。もはや抵抗の限界に達していた酒井隊はこの攻撃により一挙に崩れた。

味方が崩れていくなかで、鳥居忠広も奮戦して討ち死にした。忠広は、家康から臆病者と罵倒された汚名をそそがんとして、武田軍の真っ只中に突き入り縦横無尽に腕を振るった。しかし、敵の中で孤立してしまい、最後は武田方の土屋昌次と一気討ちをし、首を打たれた。

貫名藤五郎は小山田隊の中で後退前進の流れに身を任せながら、槍をふるい闘っていた。敵兵数人に手傷を負わせた。そうこうしているうちに、徳川軍の攻撃の組織性が急速に失われ、敵勢はばらばらになり始めた。

「しめた。今が潮時だ」

と藤五郎が思ったとき、総攻撃の合図があった。今こそ手柄を立てるときだと勇躍し、馬腹を蹴り突撃しようとした。そのとき、一筋の矢が飛んできて、藤五郎の首筋に突き刺さった。藤五郎はもんどりうって馬から落ち、彼の体は徳川勢めがけて突進する味方の馬の蹄にかけられた。

家康は馬を乗り回し、大声で味方を叱咤しながら指揮をとっていた。ところが、優勢に攻め込んでいるように見えた戦況も、武田軍の騎馬隊が戦場を疾駆するとあっというまに逆転した。もはや徳川軍の組織はばらばらに解体され、戦闘部隊としての態をなしていなかった。将兵たちは自分たちの命を守るために、各自の判断で逃げ出した。あれほど優勢だった味方が、どうしてこうも簡単に崩れ去ってしまうのか、呆然とした思いで家康は戦場を眺めた。その家康の本陣に向かって武田勢が殺到してきた。家康も旗本たちも逃げるしか道はなかった。

二俣城を二ヶ月にわたって武田軍の猛攻から死守してきた中根正照と青木貞治も石川隊と酒井隊に所属して戦っていた。正照と貞治はこの一戦に死を覚悟していた。わずか千余の兵力で、要害堅固とはいえ小城に篭もり、二万五もの兵力の武田軍の攻撃から二ヶ月という長い期間耐えてきたのは、見事な守りであったといってもよい。しかし、彼らが城を開け渡して浜松に帰って来たとき、家康は彼らの労苦をねぎらい開城の責任は一切問わなかったが、二人に対する非難や中傷が沸き起こった。

「奴らは命惜しさに城を敵に開け渡した。武士として恥ずべきことだ」

「最後の最後まで敵に抵抗し、城を枕に討ち死にすべきだった」

しかもその非難は、それまでの戦闘の経緯をよく知らない織田軍の中からより多く聞こえた。正照と貞治はそうした非難や中傷に対して一切弁明しなかった。ただ、二人とも内心で覚悟を決めた。自分たちは命を惜しんでいるのではないことを、この戦いで示すと。それが彼らの非難や中傷に対する返答であった。正照と貞治の二人は、武田軍と戦ったそれまでの経験から、この戦いに勝てるとは夢にも思わなかった。敵の攻撃を防いで味方を逃げ延びさせるために死ぬことを考えた。

徳川勢が崩れ始めたとき、正照と貞治はそれぞれの部隊で殿軍を引き受け、武田軍の攻撃を防いだ。二人の努力も、一瞬敵の突撃をひるませたにすぎなかった。次々と波状的に押し寄せる騎馬隊の馬蹄の轟きの中に二人とも没した。

松平康安も正照や貞治と同様な立場であったが、康安はまだ十八歳と若く、家康の一族に列なっている点が違っていた。康安も汚名をそそがんとしてこの戦いに奮戦し、身体に槍や刀による傷を四、五ヶ所受け、胸に矢が二本刺さるという傷を負った。しかもその負傷の身で、味方を一人敵の手から救うという働きを示した。

武田信玄は、戦闘が始まってからずっと床机に腰をかけて戦況を眺めていた。思い通りの展開であった。初めは敵に攻めさせる。敵が勢いこんで攻めてきたのを、側面や背後から包み込むように崩して敵を壊滅させる。そして徳川軍は敗走を始めた。あとは、逃げる敵を追撃してどれだけ打撃を与えうるかであった。しかし、夕闇が辺りを支配していた。少し離れると敵の姿を捉えることができなかった。そのため、敵兵をとり逃がすのではないか、思ったほどの戦果をあげられないのではないか、その点が多少の気がかりであった。

山内通義は穴山隊に加わり、神増から三方ヶ原まで行軍してきた。その間、徳川の物見部隊の姿をチラッと見たり、ときに鉄砲の音を聞いたり、味方の他部隊と徳川の小部隊との小競り合いを見たりした。それにしても、現実に戦争状態にある敵の領地内、それも本拠地近くを行軍しているとは、通義には実感できなかった。当然のことながら、通義自身が敵と渡り合うことはなかった。

三方ヶ原台地の北端の祝田の坂上で、武田軍は戦うための陣を布いた。穴山隊は信玄のいる本営の後ろに、後備として配備された。その頃になってようやく、通義は戦場に臨んでいることを実感し、自分が興奮しているのに気づいた。

薄暗くなってから戦闘が始まった。それは鉦、太鼓、貝の音、湧き上がる喚声や鯨波の声、馬や兵の走り回る響き、鉄砲の音、刀や槍の打ち合う音、それに前方に立ち上がる土ぼこりや砂煙、そういったものによって知られた。実際の戦闘の様子は見られなかった。通義たちの前には、信玄の率いる本陣が林のように音もなく静かに、山のようにどっしりと構えていた。本陣の人影、旗指物は微動だにしなかった。その様子を見ていると、武田方の勝利は間違いないものに思えた。

ひときわ大きな貝の音がし、鉦や太鼓が鳴らされると、鯨波の声が台地を轟かし、それにつれ喚声や騒音が大きくなった。それからしだいしだいに小さくなり、馬の蹄の響きも遠ざかっていった。それとともに、

「敵は逃げたぞ」

という囁きが広がってきた。周りにいる味方の将兵たちもざわめきだし、それまで緊張していた表情が和みだした。通義も肩の力を抜き、ほっと安堵の溜息を洩らした。その間、久蔵も新助も、いつもと同じように通義の傍にじっと控えていた。

信玄の眼前には雪の散らついている暗闇が広がっていた。徳川勢の姿は一兵も見当たらなかった。味方の諸部隊も徳川勢を追っていった。その追撃している部隊の松明の明かりが遠くの方で揺れ動いていた。残っているのは、信玄の本営を守護する旗本隊と後備の穴山隊、小荷駄隊の七千ほどであった。

信玄は勝ったと思った。家康の首が見られれば最も良いが、そうもいくまいと思った。追撃戦でどれだけ徳川に打撃を与えられるかまだはっきりしないが、これで家康を遠江・三河に封じ込めておくことはできるであろう。この先美濃あたりで織田軍と戦うことになったときに、織田勢を助けに来る

余力は徳川にはもはやないであろう。上洛に際しての邪魔物を一つ取り除くことができたと考えた。

雪まじりの冷たい風が吹きつけてきた。信玄は寒気を感じた。それは、冷たい風による寒さからではなく、身体の奥底から湧き起こってくる悪寒であった。


すでにあたりは暗くなっていた。その中を徳川軍はばらばらになって潰走していた。その背後から松明の灯とともに武田軍が追撃していた。

戦いに敗れて逃走に移った徳川軍には戦闘部隊としてのまとまりはほとんど失われていたが、その中で唯一の例外は援軍である佐久間隊であった。佐久間隊は武田軍とまったく刃を交えることなく、いち早く戦場から抜け出した。しかも、指揮官以下将兵全員の心が逃げることで一致していたのだから、当然といえば当然であった。さすがの武田軍も佐久間隊に追いつくことはできなかった。それにもかかわらず佐久間隊は、武田軍がすぐ背後にせまっているという幻に怯えて、必死になって逃走した。この部隊は犠牲者を一人も出すことなく浜名湖の東岸にたどり着き、翌日には浜名湖を渡り遠江を去った。そして、全員無事に岐阜に帰り着いている。

佐久間信盛は、逃げながら、心の中で、

「負けるに決まっている合戦で兵士たちを犠牲にするわけにはいかない。無駄死にさせるわけにはいかないんだ。そんなことをすれば、それこそお館に申し訳ない」

と言い訳をしていた。しかし、これは信盛の卑怯さ臆病さを正当化するための単なる口実に過ぎなかった。実際、織田信長もそう見ていた。そのため、後年信盛は、この三方ヶ原での卑怯な振る舞いを理由の一つとして、信長により追放されることになる。

他方、僚友に置き去りにされた平手隊は、馬場隊の攻撃により一瞬にして砕け散ってしまった。散り散りになって地理不案内な土地を暗い中逃げる途中、追ってくる武田勢によりつぎつぎと討たれていった。指揮官の平手汎秀も、浜松城に逃げ戻ろうとする途中で道に迷い、ようやくのことで稲場にたどり着いたところ、追いついてきた武田勢に首を討たれた。

家康は、浜松に向かって馬を走らせながら、

「負けた、負けた」

とぶつぶつ呟いていた。まさに完敗だと思った。

その家康の周りを取り囲むように松明の灯が追ってきた。そして、家康を護衛していた旗本の中から一人また一人と消えていった。彼らは家康を逃がすために、追撃してくる武田軍の将兵たちと戦っていた。

家康は馬鹿げた戦をしたと思った。このような戦はするべきではなかったと思った。家康は自分の不甲斐なさにしだいしだいに腹がたってきた。こうしている間にも部下がつぎつぎと討たれていることを思うと情けなかった。

そこに、暗闇の中から武田方の新手の部隊がいきなり現われ、家康のほうに向かってきた。家康は驚き錯乱した。もはや逃げ切れぬ、死ぬしかないと思い、馬首を返し敵に立ち向かおうとした。

そのとき家康の馬の轡を取って押さえる者がいた。夏目次郎右衛門正吉であった。正吉は、浜松城で留守を預かっていたが、三方ヶ原での敗報を聞き、家康の身の安全を案じて、急いで手勢を引き連

れて駆けつけてきたところであった。

正吉が家康と出合ったとき、家康は、

「もはや死ぬしかないぞ。死のうぞ」

と喚きたて、敵に向かって突き進もうとしているところであった。正吉は慌ててそれをとどめ、

「殿は何を血迷うておられる。端武者のようなことを言われるな。殿がおられなかったら徳川はどうなる。考えても見られよ。さあ、ここから早く落ちられよ」

と、家康の乗馬を浜松の城の方に向け、槍で馬の尻を激しく叩いた。馬は家康を乗せたまま、狂ったように城に向かって走り出した。

それから正吉は、手勢を率いて武田の部隊に突撃し、

「我は徳川家康ぞ」

と名乗りながら、槍を振るって闘った。そして部下全員とともに討ち死にした。この夏目正吉は、主君のために命を投げ出すことのできる三河武士の一典型である。

この正吉のほかにも、家康は逃げる途中、こうした三河武士の活躍により命を救われた話がある。松平忠次は、家康の鎧が目立つからといって自分のと取り替え、家康に成りすまして戦った。鈴木久三郎は、采配を家康から無理矢理譲り受けて、やはり家康に成りすまして戦った。忠次も久三郎も何とかその場を切り抜けて浜松城に戻ることができた。こうした三河武士の命を賭けた活躍に助けられて危地を脱することができ、家康も多少余裕をもてるようになった。そのとき、高木九助広正が法師武者の首をぶら下げていることに気づいた。そこで家康は九助に、

「その首を刀に突き刺して振りかざし、信玄を討ち取ったと触れ回れ」

と命じ、先に浜松城に戻らせた。

後わずかで城という地点までようやくたどり着き、

「これで助かった」

と家康が気を緩めたとき、突然武田の騎馬隊が暗闇から現われ、蹄の音とともに家康に襲いかかってきた。家康は仰天して死に物狂いで逃げた。そのおりに、恐怖のあまり家康は馬上で糞を洩らしていた。

家康は、武田の軍勢に追われながら、やっとの思いで玄黙口から浜松城内に入った。玄黙口を守っていた幼友達の鳥居彦右衛門元忠が馬上の糞に気づいて大声で笑った。家康はそれについては、

「らちもないことを」

とぼそっと一言いったのみで、それから驚くべき命令を下した。

「門を開け放て。かがり火をたけ」

周囲にいた者が驚いて、

「それでは敵が攻め入りましょう」

と言うと、

「わしが戻ったからには、敵につけこませはせぬ」

と周囲に聞かせるように大声で言い、本丸に戻った。そして、家康は湯づけを食べ、いびきをかいて寝入った。

太鼓の音が威勢よく鳴り響き、城はかがり火に照り映えて暗闇に浮かび上がった。

家康が城門を閉めさせなかったのは、戦術でも単なる強がりでもなかった。敵に追われて味方の将兵たちがやっとの思いで、一人、二人と帰って来ていた。その将兵たちの前で城門を閉じれば、彼らは味方により敵に売り渡されたことになる。敵に、どうぞ自由に殺してくださいと言っているのと同じである。たとえ敗戦という非常事態であっても、いや敗戦であるからこそ、必死になって逃げてきた味方をできるだけ無事に収容しなければならなかった。それでなければ味方の信頼を勝ち取ることはできない。家康が今後とも主君として仰がれるためには、部下の将兵たちの信頼を裏切るわけにはいかなかった。三河武士の忠誠心を裏切るわけにはいかなかった。

そうはいっても、武田軍に城の中まで攻め込まれて城を奪われてしまっては何にもならないのだが、その点について家康は案外楽観していた。恐らく武田軍は城の中に入っては来ないだろうと直感的に思っていた。家康は逃げている間に、城に近づくにつれ武田軍が戦闘部隊としてのまとまりを欠いていることに気づいていた。暗闇と急な追撃のため、武田軍は態勢を乱し、将兵たちが個人個人の力で追うという形になっていた。これでは、たとえ城に攻め込まれたとしても大した脅威にはなるまい、何とか防ぐことができようと思った。信玄は慎重な男だから、逆襲を畏れて、夜間危険を冒してまでも城の中まで攻め入るという命令は出さないであろう、と家康は判断していた。

武田軍の追撃は猛烈を極めた。そのため徳川勢の中には、浜松城に逃げ込むことのできないものがいた。たとえば、榊原康政は手勢とともに東方の西原まで逃れ、渡辺守綱も城に入ることができなかった。さらには、三河の吉田や岡崎まで逃げた者すらいたという。

このときの徳川軍の戦死者は千余人で、合戦に臨んだ兵力の約一割であったという。この犠牲者数は通常の戦いでは多いといえるが、このときのような一方的な敗北にしては少なく抑えることができた。暗闇が徳川勢にとって幸いした。つまり、暗闇が徳川勢の逃走を手助けした。武田方からいえば、暗闇のため、追撃戦で家康の息の根を止めることができなかった。また、昼間の明るいときであれば、家康は城門を開け放てという命令を出さなかったであろう。昼間であれば、武田軍は態勢を整え直して、開いている城門からつぎつぎと攻め入ってきたことは確実に思える。結局、家康からみれば、戦闘の始まった時刻が遅かったのが幸いであったといえるし、信玄の側では、徳川軍を誘い出すための工作に必要だったとはいえ、戦いを始めるまでに時間をかけすぎたのが失敗であった。

浜松城外には、山県昌景や馬場信春の部隊を中心とした武田軍が徳川勢を追い詰めながら集まってきた。しかし、たかだか数騎単位であって、戦闘部隊としてのまとまりを欠いていた。彼らが城の前まで来てみると、城門が開け放たれていて、城内ではあかあかとかがり火が焚かれていた。しかも、城内の櫓からとうとうと太鼓の音が響いてきた。武田軍の将兵たちは不審な思いにとらわれ、城を遠巻きに囲むようにたたずんでいた。そこへ昌景や信春も駆けつけてきた。二人はその場の様子を見て、今城内から新手の部隊が突出してくれば対抗できないと感じた。さらに、信玄から城内に攻め入ることを禁じられていた。二人は引き揚げの下知を下した。ちょうどそのとき、引き揚げを命ずる貝の音が台地の方角から響いてきた。

暗闇の台地上には徳川軍の姿は一兵も見当たらなかった。信玄は旗本からなる本隊と後備の穴山隊をゆっくりと前進させた。台地のはずれにある犀ヶ崕の少し手前で本隊を止め、穴山隊に犀ヶ崕まで前進させ、徳川軍の追撃を終えて戻ってくる味方将兵の収容を命じた。

犀ヶ崕は、三方ヶ原台地の南端にある深さ六、七メートル、幅四、五メートルの東西二キロメートルにわたって走っている亀裂である。しかも、城の北一キロメートルのところにあり、浜松城防衛の自然の要害となっていた。

犀ヶ崕まで前進した穴山信君は、千名ほどを崖にかかっている橋を渡らせて南側に進出させ、味方将兵を収容にあたらせた。その中に山内通義もいた。彼らは松明をともして味方に位置を知らせた。すると、徳川勢を追っていた将兵たちが松明の灯を目指して続々と戻ってきた。

その中には、手傷を負い一人では歩けない者がいたし、疲労困憊しやっとのことで馬にしがみついている者もいた。鎧に土や泥、あるいは血が染み付いていたり、中には綻びている者もいた。しかし、逃げる敵を追う追撃戦であったためか、怪我をしている将兵は意外に少なく、多くの者は元気に戻ってきた。通義はこうした将兵たちの姿や様子を眺めて、あらためて徳川軍に完勝したのだと感じ、表情が自然と緩んでくるのを禁じえなかった。勝利はやはり通義にとってもうれしかった。暗鬱に思われた前途に明るいものを見つけたような気になった。

通義たちは、遅れて戻ってくる味方の収容と、浜松城からの逆襲を警戒して、そのまま犀ヶ崕の南側に陣を布いた。前方にはかがり火に照らされた浜松城が暗闇の中に浮かび上がって見え、城から太鼓の音が相変わらず鳴り響いていた。

その頃城内では、大久保七郎右衛門忠世と天野三郎兵衛康景が武田方の陣営に夜襲をかけることを企て、そのために必要な兵を集めていた。忠世と康景は、完敗により士気が低下することを恐れ、戦意を高めるために武田勢に一矢を報いようとした。二人の奔走により、元気に動ける兵が百人ほど集まった。その中に鉄砲の扱いに馴れた足軽が十六人ほどいた。

忠世と康景はそれらの兵たちを引き連れて、間道伝いに犀ヶ崕の南側に野営している武田勢に忍び寄った。夜も深まり、雪は散らついている程度であったが、冷え込みはいっそうきつくなった。凍てついた台地を音をたてないように近づき、鉄砲の狙いを武田の陣営につけた。鉄砲の発射音とともに鯨波の声を一斉にあげた。

すると、武田軍の陣営の中から、いきなり火花が走ったかと思うとドカーンと爆発音がした。それも一ヶ所だけでなく、つぎつぎと三ヶ所から起きた。

武田軍の将兵たちが慌てふためいて右往左往しているのや、馬が何頭も陣地の中を驚いて駆け回っているのが、松明の光に照らされて奇襲をかけた徳川勢からも見えた。鉄砲を取り換えて、さらに武田軍に向かって撃った。そして、忠世と康景は兵たちとともに城に戻った。

武田軍の将兵たちは、歩哨にたっている者を除いて、ほとんどが酷しい寒気に体を震わせながらもうとうとまどろんでいた。そこに、いきなり静まりかえった暗闇から鉄砲の音がし、鯨波の声があがった。それも警戒していた城の方とは違った方角からであった。その後すぐに、陣地の内部に強烈な閃光が走ったかと思うと爆発が起きた。それとともに足軽が何人か吹き飛ばされた。前方には敵の姿が見えず、浜松城から攻めてきた様子はなかった。馬が陣地の中を狂ったように走り回っていた。将兵たちは何がおきたか訳がわからずに大混乱に陥った。慌てふためいた将兵たちは後方の陣地に戻ろうと、犀ヶ崕にかかっている橋に向かって殺到した。その混乱の中で、何人も何人も崕から谷底に落ちていった。さらには、馬もいっしょになって落ちていった。

山内通義も、ほかの将兵たちと同じように、緊張から解き放たれて安心したこともあってか、骨をも突き刺すような寒気の中で居眠りを始めていた。いきなり鉄砲の音がして、はっと飛び起きた。そのときには久蔵の姿は見えなかった。閃光とともに爆発が起こり、通義は地面に伏せた。顔をあげると、新助が爆発をした方向に突進するのがちらっと見えた。たちまちのうちにあたりは騒然となった。どこからか刀と刀の打ち合う響きが聞こえ、馬蹄の轟きとともに走り回っている馬、さらには地面に倒れている足軽も見えた。通義には何が起きているのか判らなかった。我がちにと橋に向かっている将兵たちにつられて、ともかく橋を渡って三方ヶ原台地の上に出ようと考えた。その方向に足を踏み出したとき、横合いから突然馬が飛び出してきた。通義は馬を避けようとしたが避けきれず、馬が自分の体にぶつかり、足が地面から離れ宙に飛ばされるのを感じた。その時妻の顔が思い浮かんだ。そして次の瞬間、通義は暗黒の奈落の底に引き込まれていく自分自身を感じた。通義と馬は並ぶように崕から弧を描いて落ちていき、谷底に叩きつけられた。

新助は、鉄砲の音がしたときに久蔵のいないのに気がついた。

「しまった。ぬかった」

と思った。自軍の圧倒的な勝利に新助も気が緩み、久蔵もこれでは何もできないであろうと思っていた。新助のもっとも警戒していたのは、戦いの混乱の中で久蔵が信玄を狙うのではないか、何か工作をするのではないか、ということであった。しかし、戦闘は穴山隊と無関係であった。そのため、久蔵も動きがとれずじっとしていた。それで新助も安心していた。その隙をつかれた。その瞬間、爆発が起きた。そして爆発のした方から、影が一つ崖沿いに走り去ろうとするのが見えた。新助はその影を追いながら手裏剣を二つ三つ影に向かって投げた。手ごたえはあった。影が音もなく崖下に向かって落ちていくのが見えた。

この騒ぎは穴山隊の一部、犀ヶ崖の南側に陣を布いた部隊にだけおきた。残りの武田軍は何事もなかったように静まり返っていた。この騒ぎの中で、数十人の将兵と十数頭の馬が崖から落ちて死んだ。山内通義の死体はその中に見つかったが、久蔵は見当たらなかった。

後に、犀ヶ崖の深い底から何千何百という人のうめき声が聞こえたという。これは、この谷底で死んだ武士や足軽の魂が浮かばれないためであるとして、ある僧が鉦や太鼓で供養をしてやると、うめき声は聞かれなくなったという。

翌二十三日、武田軍は三方ヶ原台地上に留まり首実験をした。徳川の小部隊が物見をかねて浜松城から台地上に出てきた。それに対し、穴山隊の穂坂常陸介忠文や有泉大学助が兵を引き連れて攻めかかると、徳川勢はほとんど抵抗することもなくあっさりと逃げ散った。その様子を見ていた武田方の部将たちの眼には、徳川勢にはもはや戦意はまったくないように映った。

首実験の後で軍議が開かれた。そこでは、三日前の軍議と同じように、浜松城攻撃が焦点になった。当然のことのように、武田勝頼を始めとした若手の部将たちは城攻めを強硬に主張した。三方ヶ原での完勝の影響もあってか、前回は賛成しなかった部将たちまでもが城攻めを唱えだした。その場の雰囲気は、攻めさえすれば城はすぐにでも落ちるといったような、徳川軍の力を侮ったものになっていた。

武田信玄はその雰囲気を苦々しく思っていた。そうした議論は木を見て森を見ていない類のものに思えた。目の前のことにとらわれて、本来の目標を見失っていると思った。

一方で、信玄の体調は悪化していた。実はその場に坐っているのも苦しかった。すぐにでも横になりたかった。それもあって、信玄には城を囲んで戦う意思はまったくなかった。信玄から戦う気力を失わせるほどに信玄の健康状態はよくなかった。

そのとき、高坂昌信が口を開いた。そして三方ヶ原で勝利をおさめる前の主張をもう一度繰り返した。

「浜松城は徳川の本拠ぞ。敗れたとはいえ、そう簡単には落とせぬぞ。いや、敗れたからこそ、今度は徳川も死に物狂いになって戦おう。ここで本拠を失えばすべてを失うことになるからな。手負いとなり追い詰められて死に物狂いになった敵ほど手ごわいものはない。なめてかかると大怪我をするぞ。しかも、我らの本来の目標は徳川を倒すことではない。京へ上ることだ。ここで手間取っていては西上の時機を逸するぞ。

我らが城を囲んだとあれば、織田も、面子からいっても今度こそ本腰を入れて助けにこよう。そうなれば我らは腹背に敵をうけることになる。これだけ叩いておけば、もはや我らの邪魔をする力は徳川にはない。今は西上を急ぐべきだ」

これに、山県昌景、馬場信春、内藤昌豊といった宿将たちが同意した。

信玄は昌信の主張を採用した。というよりも、昌信の意見は信玄の考えそのものであった。信玄は、徳川勢は三方ヶ原で被った傷のためもはや動けないであろうから、今後の脅威にはならないと思っていた。それよりも、自身の身体の奥底から湧き起こってくる悪寒がこんなところで何を愚図愚図している、一刻も早く西上せよ、さもないと信長を倒すことはできないぞ、天下に覇を唱えることはできないぞ、と信玄を急きたてた。

その日の午後、武田軍は三方ヶ原台地を北上して祝田の坂を降りていった。台地北西の浜名湖に面した油田、刑部に滞陣し、そのままそこで十日余りを過ごし、その年を越した。

その間、徳川方は浜松城に息を殺してじっと篭もったままであった。

（完）

消えゆく西上の夢

元亀四年元旦

元亀四年元旦、低く連なった山なみの向こうから、晴れわたった空に金色に輝く太陽が姿をあらわしてきた。元日の日の出を櫓の上からじっと見据える人影があった。三河の国野田城の城主菅沼新八郎定盈である。定盈の傍らで一人の男が笛を奏していた。

周囲を威圧しながら昇ってくる太陽を見ながらも、定盈の心は少しも晴れやかではなかった。彼の見ている山なみの向こう側に、あの太陽の下に、その太陽をも圧してしまうような嵐が潜んでいるのを感じとっていた。笛の音も新たに始まる年を祝うものには聞こえてこなかった。これから死地に赴く者を送るかのように響いていた。

定盈の今いる野田城は、河岸段丘のはずれにあった。そのすぐ東側は十数メートルの崖になっていて、帯状の低地を豊川が流れていた。低地の東側には、それほど高くない山々が連なっていた。

定盈の眺めている山なみのさらに東側、浜名湖の東北岸、刑部や油田には武田信玄の率いる武田軍二万五千が陣を布いていた。

元亀三年十二月二十二日に、その東側に広がっている三方ヶ原台地で、武田軍は徳川家康の率いる徳川織田連合軍一万一千を撃破した。家康を始めとした連合軍主力は、台地南にある浜松城に立て篭もった。しかし武田軍は、浜松城を囲むことなく二十三日から七日程も刑部や油田に留まったまま、なんの動く気配も見せなかった。そうして元亀四年の元日を迎えていた。

定盈は笛を吹いている男、村松芳休に話しかけた。

「あの山の向こうにいる武田軍はこれからどう動くであろうか。信玄は何を考えていると思うか」

「そう言われても私ごとき者には分かりませんが」

と芳休は答えた。

「いやいやそなたは、各地を渡り歩いていろいろな事を聞き及んでいよう。我らのようにこの狭い土地にしがみついているのとは違う。そなたの考えを聞かせてくれ」

「弱りましたな。諸国を歩いていましたとき聞きました噂では、信玄は京に上り、幕府を立て直すつもりとか」

「ふむ、それはわしも聞いた。上洛の邪魔をする者たちは蹴散らしてでも進み、京にいる信長公を倒す所存だと」

定盈は続けた。

「武田軍は、三方ヶ原でわが徳川軍と戦ったが、それ以来七日程たつが、浜名湖のほとりに腰を据えたままだ。一体これはどういうことだ。戦の疲れをとるには長すぎる」

「さて、私ごときものには分かりません。今までこのような振る舞いは聞いたことがございません。瀕死の獲物を前にして、何の関心も持たないなどと。戦いの勢いに乗って、そのまま城を攻めるのが当たり前だと思いますが。さもなくば、京へ向かうのが」

「さよう、だから信玄の考えを知りたいのだ。甲斐へ帰るつもりであれば、暮の内に帰っていよう。浜松の城を攻め落とすつもりならば、三方ヶ原の戦いの後そのまま城を囲んでいよう。すると京へ上るつもりか。ならば、どうしてこのような無用な時をこんな所で過ごしているのか。信玄は何を考えているのか分からぬ」

「兵糧の調達でもしているのでしょうか」

「兵糧か。それならば、二俣を攻めているときにしていよう。刑部あたりでは二日もかかるまいし、それほど調達もできまい」

しばらく二人の間に沈黙が続いた。やがて定盈が口を開いた。

「やはり京へ上るつもりであろう。問題は、いつ動くのか、どの道を進むのか」

「この城へも攻めて来るのでしょうか」

と芳休は尋ねた。

「うむ、まず間違いないな。覚悟しておく必要はある。本隊ではなくとも、一部隊は必ずこよう」

「そうしたら、殿様はどうされるおつもりですか」

「この城のわずかな兵力では持ちこたえることはできまい。命が惜しければ逃げるのが一番」

「お逃げなさるのですか」

「逃げれば、我が一族は徳川に従っていることはできまい。いや、徳川の者たちから臆病者として討たれよう」

「それはまた、どうして」

「芳休殿がここへ来る前のことであるから、ご存知ないであろうが、実は一度武田軍が攻めて来たのを逃げたことがある。昨年のことだ。我らを追い払った後、武田軍は南へ向かい、二連木で酒井忠次の部隊と戦い撃ち破った。この時酒井隊は大きな損害をこうむった。我らが逃げなかったら、そんな大きな損害を受けずにすんだ、と非難された。それがあるから、今度逃げたら徳川の家中での我らの居場所が無くなってしまう」

「すると、戦われるので」

定盈は、そのとき徳川の内部で微妙な立場に立たされた。定盈が武田軍に抵抗しなかったため、徳川勢は迎え撃つ体制がとれなかった。酒井隊の大きな犠牲を払った奮闘がなければ、吉田城を武田軍に奪われたのではないかと。陰で、定盈を臆病者と蔑む者もいた。

「さよう。この城に篭もって戦うしかない。一日でも長く粘るしかないのだ。さすればわしが死んでも、我が一族は徳川の中で生き残っていける。一族の生き残りのためにはそれしかない」

そう言って、定盈は東の方を、まだ姿を現わさない敵を見つめていた。定盈の脳裏には、昨年の武田軍の野田への侵攻のありようが浮かんできた。芳休はしばらく黙っていたが、

「このようなことを言うと、お怒りになるかもしれませんが」

と遠慮勝ちに口を出した。

「武田軍の強さは大変なものです。徳川様は大丈夫でしょうか」

「うむ、確かにな。しかしわしは信じている。滅びることはないと。それに織田殿が後ろ盾についている」

と、定盈は同意を求めるように言った。

三河侵攻

野田は三河の国の東部、すなわち現在の愛知県の東部で静岡県に近い東三河といわれるところにある。それに対し、徳川家康の本拠岡崎は、同じ三河の国の西部で西三河といわれる、愛知県の中央部にある。東三河の中央を豊川が流れている。豊川の東は、赤石山脈に連なる山地である。北部は木曽山脈に続き、そこから張り出してきた高地が西に広がっている。野田城は、豊川の中流の西側河岸段丘上にある。

東三河には、この地方を制圧できるような大きな勢力はなく、地侍たちが互いに争いあっていた。享禄三年（一五三〇）頃には、徳川家康の祖父松平清康が東三河一帯を勢力下に収めた。清康が倒れた後、今川義元が進出し、東三河から西三河にかけてほぼ全域が今川に服属することになった。ただし、北部は一時的に織田信長の父信秀の勢力下にあったこともある。義元が桶狭間で信長に討たれてからは、駿河で人質になっていた家康が岡崎に戻り、まず西三河を制圧し、自己の支配圏を確立し足元を固めた。その上で、祖父の勢力圏を取り戻すかのように東三河に進攻し、今川の勢力を追い出し、自己の支配下に収めていった。この制圧が、家康の遠江進出を可能にし、今川の没落を招いた。

東三河の北部から西部にある山地に、互いに勢力を競いあっている地侍の一団がいた。その中でも、長篠の菅沼一族、田峯の菅沼一族、作手の奥平一族は山家三方衆といわれ、この地域の中心的な勢力であった。長篠は、野田の北十キロほどで、山地が平野に移行するところにあり、城主は菅沼正貞である。田峯は、長篠からさらに北西方向に豊川をさかのぼった山の中にあり、城主は菅沼小法師定忠である。作手は、田峯の南、野田の西の高原で、城主は奥平貞能である。田峯の菅沼と長篠の菅沼は、もとは同族であった。野田の菅沼定盈も田峯の菅沼一族の出であった。奥平貞能の父貞勝の娘は田峯の菅沼定忠のもとに嫁いでいた。山家三方衆は、家臣たちも、互いに姻戚関係があり、また知己であったりした。

山家三方衆が武田に降ったときそれぞれ人質を送っている。作手の奥平は、貞能の次男仙丸十歳と重臣の子女二人いずれも十三歳。田峯の菅沼は、家老城所道寿の娘と重臣の弟。長篠の菅沼は、荒尾城主菅沼満直の息子と家老の息子。

信玄の死後、作手の奥平は、貞勝はそのまま武田方に残ったが、貞能とその子貞昌はいち早く徳川に帰参した。しかも、信玄の死を家康にいち早く報せたのは貞能であったといわれる。奥平の裏切りに怒った武田勝頼は、奥平の人質の仙丸と子女二人を鳳来寺で処刑した。仙丸はそのとき十三歳で、貞昌の弟である。天正元年秋に徳川が武田方から長篠城を奪い返した後、貞昌は長篠城を家康から預かる。天正三年に、武田勝頼は兵二万五千で長篠城を囲んだ。貞昌は、武田軍の猛攻を二十日間耐えて、城を守り抜いた。武田軍は、このとき設楽ヶ原で織田徳川連合軍と戦い敗れた。この敗戦をきっかけとして武田氏は滅びた。その後、貞勝はひそかに三河に戻り、そこで死去した。

また、長篠の菅沼正貞は、天正元年に家康が長篠城を奪い返すことができたのは、正貞が内応したためであるとして武田に捕らえられ、信州小諸にて死去した。正貞の大叔父にあたる満直は荒尾にいて、元亀元年に武田に属したが、武田滅亡後家康に誅せられた。

田峯の菅沼定忠は、信玄の死後も武田に属していた。天正三年の長篠城攻めにも、山県昌景の相備えとして出陣し、敗れた後も武田勝頼を守って退いた。天正十年武田氏滅亡後、家康に誅せられた。定忠の所領地は弟定利に与えられた。定利は、定忠が武田に属したとき、兄と袂を分かち田峯を出て徳川に従った。

菅沼定盈は、初めは今川氏に従っていたが、義元の死後永禄四年に徳川家康に服属した。当時の東三河は今川の勢力下にあったため、西郷正勝やその子清員とも協力し、今川勢と抗争を繰り返した。家康が東三河に進入し吉田城を攻めると、それに加わった。家康は吉田城を攻略することで、東三河を手に入れた。その後、家康の遠江侵攻の尖兵として活躍している。家康が今川を滅亡させた掛川城攻めにも従軍している。

元亀元年九月に武田信玄は、伊那郡代をしていた秋山伯耆守信友に命じて、東三河北部を侵攻させた。これは、徳川家康の居城浜松と織田上総介信長の本拠岐阜城との間に楔を打ち込み、家康に圧力をかけるためであった。上洛の障害になる徳川の勢力を少しでも削ぐためでもあった。

秋山信友は兵二千三百を率いて伊那を発し、奥三河に入り、荒尾の菅沼満直、田内の菅沼三照を威嚇して降し、田峯城を囲んだ。田峯城主菅沼小法師定忠は城に篭もって戦おうとしたが、家老の城所道寿に現今の情勢から武田軍に抗する不利を説かれ、兵力のはるかに劣ることもあり降伏した。

十月、信友は作手に攻め入った。作手の亀山城にいた奥平一族は、武田軍に降るかあくまで徳川軍に従うか、その去就をめぐって紛糾していた。城主奥平貞能の父貞勝は早くから武田軍に降ることを主張していたが、貞能は最後まで徳川軍に従う考えであったという。貞能は武田軍の攻撃を逃れ、約二百の兵で亀山城の数キロ西南にある久保城に籠もったが、抗することもできず、貞勝の意見に従い武田軍に降った。このとき武田の軍使は初鹿野伝右衛門であった。

武田軍はさらに亀山城の西十キロほどにある日近城を陥れた。日近城には、貞勝の弟貞友がいた。貞友の娘、おフウは武田の人質となり後に仙丸とともに処刑された。これにより、武田軍は徳川軍の本拠岡崎城の東十数キロの山地に、拠点を得たことになる。

秋山信友は軍を伊那に返したが、田峯城や亀山城には多少の兵を残し、亀山城の近くに新たに古宮城を築き始めた。

翌元亀二年二月、武田軍はふたたび秋山信友に率いられて南下し、奥三河に姿を現わした。それにあわせて、遠江犬居の城主、天野宮内右衛門尉景貫が長篠に攻め込んできた。天野景貫は、もと今川の重臣であり、いったんは徳川に従属したこともあったが、四年前に武田軍に服属し、武田軍の遠江侵攻の尖兵として活躍していた。

三月になると、秋山信友は長篠の南、竹広に進出した。それに対し、前年の田峯や作手への武田軍の侵攻に危機感をだいていた野田の菅沼新八郎定盈は、同じように危機感をもっていた設楽の設楽甚三郎貞通、西川の西郷孫九郎清員とともに秋山勢を迎え戦った。兵力的には劣勢であったが、必死の戦いのすえ、清員の甥、西郷孫太郎義勝の討ち死にという犠牲はあったものの、秋山隊のそれ以上の進出を防ぐことができた。秋山隊は軍を引いて長篠城を囲んだ。

その少し前、天野景貫の子小四郎義勝は、長篠の東の乗本で長篠城の菅沼正貞の将、菅沼道満と戦った。その勢いで天野勢も長篠城を囲んだ。

城に篭もった菅沼正貞は、援軍の当てもなく、田峯の家老城所道寿の説得もあって、武田軍に降伏した。秋山信友、天野景貫は長篠城を確保するとそのまま引き上げた。

これにより、野田の菅沼定盈は、武田軍により西と北から直接に圧力を加えられることになった。


元亀二年二月も終わり近くになって、武田信玄は二万三千の兵を率いて、甲府を発ち駿河を通り遠江の高天神城に向かった。三月五日に高天神城を攻撃したが、抵抗が強いとみると、翌日には囲みを解き、掛川を経由して伊那の高遠に兵をひいた。

三月二十六日に、武田信玄は伊那の高遠城を出発し、伊那口より三河の西部に攻め入った。四月の十五日には足助の真弓山城を囲んだ。

武田の本隊が三河に入ると、作手にいた武田軍が山家三方衆の部隊を先鋒に立てて、岡崎に攻め寄せようとした。徳川軍は、それを迎え撃ち、何とか岡崎に攻め入るのを防いだ。本隊の一部も岡崎城を窺おうとしたが、これも食い止めることができた。

真弓山城には城主鈴木越後守喜三郎重直とその子兵庫助信重がいたが、大軍には抗すべくもなく城を捨てて逃げた。信玄は、下条伊豆守信氏を城代として真弓山城に入れ、足助地方の支配に当たらせた。

足助近辺の浅谷・阿摺・大沼・田代・八桑といった諸城も戦わずして、城を開けた。これにより、信玄は三河の山間部をすべて手に入れたことになる。そして、岡崎城に北方から圧力を加えることができ、岡崎と浜松の間に楔を打つことにもなった。

三河の山地を席捲した武田軍は作手に終結した。二八日の夜半、山を下り野田に攻め寄せることになり、その案内を田峯の菅沼定忠があたることになった。

定忠は考え、家中の心有る者に申し伝えた。

「このままいけば、夜の明けないうちに野田に攻めかかることになる。そうなってしまっては、定盈もその家中の者も多く討ち死にすることを免れないだろう。定盈はもともと我が一族であるし、我が家中の者にも、親類や知人が多く野田にいる。少しでも、犠牲を少なくできないものか。それには、道に迷った振りをして攻撃の時間を遅らせるしかない。明るくなれば、攻撃にいち早く気づき、逃げることもできよう。ただ、武田にもこの土地を知っている者がいる。暗いうちに慎重にするしかない」

武田軍は、暗い山道に迷い、時間を費やし、夜の開け初めた午前四時ごろ、本宮山についた。そこで、陣備えを立て直し、鉦・太鼓を打ち、貝を吹き野田に向かった。

その様子を見ていた土地の者が、当時定盈のいた大野田城に武田軍の動きを告げた。大野田城は野田城の東五百メートルの所にある。大野田城では、直ちに斥候を出し、その一方で防御の評定を行った。戦闘や篭城の主張もあったが、大軍にたいして防戦することは不可能であるとして、城を立ち退くことになった。

定盈には分かっていた。死にたくなければ立ち退くしかないことを。足助に武田軍が侵攻し、周囲の城を次々と落としていることを聞いていた。しかも、二万三千にもなる大軍であることも。その武田軍が野田に押し寄せてくれば、今のこの城では一日ともたないと思っていた。先年、秋山信友が長篠から攻め寄せてきたときは、わずかな軍勢で必死に戦い、それ以上の南下を防ぐことができた。その時の信友は、長篠城の包囲を邪魔されたくなかっただけであった。だから、定盈の強い抵抗に会い、無理をして南下しなかっただけであった。定盈にとっては、その抵抗が精一杯であり、長篠の救援など思いも及ばなかった。しかもそのときの秋山隊は、三千にも満たなかったが、今回は二万三千の兵で信玄が直接指揮をとっている。

評定が城の立ち退きにほぼ決まると、定盈は閑所（便所）に入った。悠然と謡を歌いながら用を足しているように振る舞った。武田軍に怯え、あわてて逃げ出したと思われるような振る舞いは避けねばならなかった。あくまで平常と同じように振る舞い、戦術上の必要性から立ち退くと見せねばならなかった。

近習の者に敵が迫っていると急きたてられながら城を出た定盈は、中山与六に命じた。

「城に帰り火をかけよ。鷹を据え上げてこい」

与六は命を奉じて、城に立ち帰り火をかけた。その間に定盈は豊川を渡り西郷へと退いた。鷹は浅賀九郎左衛門が据えて定盈の後を追った。つづいて与六が城を出て豊川にかかったところ、敵方の田峯の侍、後藤金助に呼び止められた。金助は与六の従兄弟にあたる。与六と金助は組み打ちとなり、与六が金助を組み敷いた。そこへ田峯の小野田源右衛門が駆けつけ、金助を助けて与六の首をとった。与六はそのとき十八才であったという。

武田軍の追撃は急であった。武田側にも犠牲はわずかにでたが、菅沼の家中の者は四十余討たれた。

中山与六と同じように、山家三方衆に討たれた者もいる。定盈も、山県昌景隊に後一歩のところまで追い詰められたが、急に山県隊が矛先を転じたため、味方の西郷清員の城に逃げ込むことができた。

大野田城の菅沼勢を一気に蹴散らした武田軍は、そのまま南下した。その日の午後には野田の南十数キロのところにある二連木城を囲んで、攻撃を開始した。二連木城の城主は十歳の戸田康長であった。武田軍の来襲を聞いて、すぐ西の吉田城の酒井忠次が救援に駆けつけ防衛にあたった。そのときには、浜松から吉田城に徳川家康も兵二千を率いて来ていた。

武田軍は、山県昌景を先鋒に、武田勝頼を二陣として、その日から翌日にかけて七度二連木城を攻め立てた。徳川方も防戦につとめたが、圧倒的な兵力の差もあり、多大な犠牲を払いながら、二連木城を捨て吉田城に逃げ込んだ。このとき倒れた徳川方の将兵らは、全員が敵に立ち向う姿勢であったという。そして、それを信玄が感心したという言い伝えがある。

吉田城に追ってきた武田軍は、本格的な城攻めの構えを取らずに、徳川勢を城の外におびき出そうとした。家康は打って出るのを許さずに城に篭もることを命じた。そのためわずかばかりの小競り合いがあったのみである。翌日には、武田軍も囲みを解いた。

その後しばらくの間、武田軍はこの周囲を焼いて回り、五月中旬には兵を納めて甲斐に帰った。三河に侵攻しながらあっさりと兵を引いたのは、西上の前哨戦として武威を示すのが目的であり、後方の北条や上杉の動きを警戒したためであると思われる。また、武田軍は農民が主力であるため、農繁期を控え、これ以上の軍事行動には無理があったためでもある。信玄の健康状態が悪化したという風聞もあった。

武田方は長篠以南には兵を残さなかったので、定盈はすぐに野田に帰ることができた。定盈は以前から予定していた野田城に入り、再度の来襲に備えて修復をした。大野田城は廃城となった。

元亀三年の暮れ

三方ヶ原台地のはずれに十数名の一団がいた。彼らの眼下には、台地の下から浜名湖岸にかけて、武田軍の旗印で埋まっていた。つまり、二万五千もの武田の軍勢が滞陣していた。

「まだこんな所にいる。戦が終わって三日も経つというのに」

と、一団の中の一人がつぶやいた。彼らは徳川の物見であった。

「好い加減に動いてもよさそうなものだ。戦の疲れをとるには長すぎるのではないか」

一人がなにやら指図をしている様子であったが、しばらくするとその一団は姿を消した。


元亀三年十二月二十二日に、武田信玄率いる武田軍は徳川家康の率いる徳川織田連合軍を三方ヶ原台地で粉砕した。その後、武田軍は浜名湖に面した刑部・油田に陣を布いたまま、動きを止めた。あたかも軍全体が眠っているかのようであった。この地は徳川の領内であり、その本拠浜松からそれほど遠く隔たってはいない。圧勝の後とはいえ、徳川を侮っているのか、それとも別の思惑があるのか、理解しがたい武田軍の行動であった。

武田軍の将兵には、休養して戦の疲れをとれと指示が出ていた。敵地であるから警戒を怠るなと命令され、軍規も厳しかった。一日二日のことであれば、休養も当然のことと思われたが、それが五日も続き年を越しそうな状況となれば、不審に思う者もでてきた。始めのうちは敵をおびきだしてもう一度叩くつもりではないかと考え、その心積もりの者もいたが、五日にもなるとその気をなくしていた。表立っては不平不満が出ていないが、裏ではこの先どうするつもりかと疑念や不安が洩らされていた。

武田の陣営の中でも特に警戒の厳重な一郭があった。武田信玄の陣所であった。そこには特に許された者しか出入りできず、いつも静まり返っていた。

信玄はそこで床に臥せていた。信玄は、三方ヶ原の戦いの後熱を出し、動きの取れない状況であった。この二日ほどようやく快方に向かってきた。

この間、信玄の弟武田逍遥軒信廉を始めとした重臣たちの間で、軍の進め方についてさまざまな意見が交わされていた。浜松城を攻めるにしてはすでに戦機を逸していた。甲斐へ戻ろうという主張も多くあったが、信玄が承知しなかった。信玄は、あくまでも西へ向かう、京を目指す考えであった。そこで、仕方なく信玄の恢復を待ち、軍をとどめていた。

信玄は病床に臥せながら、自問自答していた。

「病の身を、なぜに無理して京を目指すのか。己の虚栄心なのか、野望なのか」

「わが国の周りには、領土を奪おうと狙っている者がいる。今ここで、西上をやめれば、信玄衰えたりと攻め込んでこよう。その者たちは、わしが健在であれば当然京に上るものと見ている。わが国を守るためにも上洛の構えを解くことはできぬ」

「今ひとつは、織田信長のことよ。あの者は、比叡山を焼いた。また、長島の一向宗徒を殲滅しようと、過酷に攻めているという。さらには、本願寺を攻め落そうと囲んでいる。あの者は、神を神とも思わず、仏を仏とも思わぬ恐ろしい者よ。このような者が天下を取ってみよ。この日本はどうなる。将軍はもちろん、天皇をも滅ばされよう。日本はまさに地獄になる。せめて信長は倒さねばならぬ」

武田信玄は織田信長を恐れていた。信長という男は何をするか解からないと思っていた。これまでも、関銭の廃止や楽市楽座を開くといった報に接するたびに思いもかけぬことをすると思っていた。それが、比叡山を徹底的に焼き、一山の僧、老若男女を殺し尽くしたと聞き、信長が何か得体の知れない魔物に思えてきた。信玄にとって、比叡山を焼くなどということは思いも及ばぬことであった。比叡山は天皇、室町幕府と並んで、犯すことのできない権威であった。それを信長はあっさりと踏みにじった。そして、仏に仕える者を平然と殺戮する非情さ。それが信玄に、信長に対する畏怖感を植え付けた。そして、信長を是非とも倒さなければならないと決意させた。そうしなければ、日本はどうなるのか、今までの秩序が崩壊すると思われた。

上洛し天下に覇を唱えるといっても、信玄には天皇や足利将軍にとって代わろうという野望はなかった。信玄が京を目指すのは、自分自身の掌中に天下を取るためではなかった。天皇や将軍の権威を確立し、この乱れた秩序を回復することであった。

しかし、信玄の見るところ、信長には旧来の秩序を破壊し、天皇や足利将軍にとって代わり、自らが天下の主になるという野心があるように思えた。また、武田が信長に対抗する意志がないことを示しても、信長は天下統一の邪魔者として武田を滅亡させるであろう、と確信していた。

将来とも武田が生き残るには、この得体の知れない恐るべき信長を倒すしかない、と思われた。信長を倒さなければ武田は安泰ではないと思われた。信長を倒すことが信玄の一番の目的であった。信長を倒すには、無理をしてもこのまま西上する必要がある。

しかも信玄は、今回が信長を倒す、西上の最後の機会ではないか、と思うようになった。理由は二つあった。一つは、自身の健康、体力であった。この遠征を始める前に思っていたよりも、健康状態は悪かった。もう一つは、畿内の情勢であった。

織田信長は、畿内を征服したとはいえ、朝倉・浅井や本願寺勢力の抵抗もあって、完全には掌握していない。畿内の諸勢力も、うわべは信長に従うように見せてはいるが、心服しているわけではなく、様子見をしている。信長が優勢とみれば信長につくし、危ないとみれば見放すだろう。その鍵は朝倉・浅井が握っている。朝倉・浅井が信長に倒されれば、畿内の諸勢力は本願寺勢を除いて信長に服従するであろう。そうなれば信長の力は飛躍的に増大する。そうなる前に信長を討ち倒さなければならない、と信玄は考えていた。しかも、朝倉義景の性格からみて、武田軍がたとえ戦略的なものであっても今ここでいったん引き揚げれば、義景はわれらを信用しないであろう。さらに、朝倉は姉川の戦いで破れて以来、信長に圧迫され、内部から崩れ始めている、という情報すらあった。猶予している時間はもはやない。信長を倒すには、無理をしてもこのまま西上を続ける必要があった。

西上するためには、野田城を落とし、それにより家康の動きを封じ、背後から襲われる危険をなくす。ただその後、家康の本拠岡崎城を落とし、尾張へと攻め上るつもりはなかった。周囲は、そのように見ているかもしれないが、そのような回り道をして時間を無駄にするつもりは信玄にはなかった。

岡崎城などは、家康さえ浜松へ封じ込めてしまえば、何の価値もないと思っていた。野田城を落とした後は、木曽に出て、美濃へ攻め込むつもりであった。秋山信友に岩村城を落とさせたのは、単に信長を牽制するためだけではなく、美濃に攻め込むための基地とするためでもあった。そして、信長と美濃で野戦をおこない、撃ち破るつもりであった。そうすれば、いま信長が抑えている畿内でも、信長から離反する者が出て、信長は力を失うだろうと見ていた。

二十八日に、体調の悪さを隠しながら無理をおして、信玄は朝倉義景が遣わした使者を引見した。そのとき、信玄は苛立ちを抑えかねているかのようで、使者に対し問い詰めなじるかのようであった。そして、義景宛に書状をしたためた。その中で、三方ヶ原で千人余を討ち取り、徳川に勝利したことを伝えた。さらに、朝倉軍が越前に引き揚げたことを非難し、近江に出張るように要求した。信玄の戦略にとっては、朝倉・浅井勢が近江に信長の注意をひきつけることが肝要であった。

畿内の他の勢力、松永久秀や本願寺などにも、三方ヶ原の戦勝報告をしている。

山田甚助という法師武者がいた。もともとはそれほど広くもない田畑を耕して生活を立てていた農民であった。戦場働きをし手柄を立てて、侍になろうという野望など持ちあわせていなかった。ところが徴用され足軽になってから、容貌体格が信玄に似ているために、足軽を二人連れた騎馬武者として遇されるようになった。役目は、戦場や行軍などのさいに、信玄と同じような姿格好で近くに控えていることであった。いわば影武者であるが、甚助にはそれほど重い役割は無い。敵に対する目くらましであり、弾除けであった。信玄を狙ってくる者の前に身を投げ出すのが役目であった。軍議などの席に出ることもない。武田信廉らの指図に従って動いていた。この陣中も、山県三郎兵衛昌景らの部将を引き連れて、というよりも引き連れられて時に見回りをしていた。本来の影武者の役割、信玄の代理は信廉がしていた。

今も昌景とともに陣中を回っていた。甚助の耳にも、兵士達の不満は聞こえていた。正月も間近とあって、特に望郷の念が強かった。それは昌景も承知しているはずであった。そうした思いを抱いている兵士たちの間を甚助と昌景は進んでいた。心なしか兵士たちの目に非難めいた険しいものがあるように思えた。

進んでいくと、前方に騒ぎがおきた。「待て」「逃げるな」「捕らえよ」といった叫び声が聞こえてきた。人を追いかけている様子であった。しばらくして、混乱はおさまった。

やがて、昌景の前に武士がやって来て報告をした。

「お館の様子を聞き回ったり、これからどうするのかと尋ねている挙動不審な男がいました。問い質そうとしたら、いきなり逃げ出しました」

「捕まえたのか」

「逃げられました」

「徳川の乱波かも知れんな。警戒を厳重にせよ」

と昌景は命令した。

その後は何事も無く、甚助と昌景は陣地内を巡ってきた。昌景は厳しい表情で何か考えているようであった。

明日は大晦日という日、主だった十人ほどの部将を集めて、軍議が開かれた。信玄もその席に出ていた。明らかに病み上がりという様子が見てとれた。

冒頭に信廉が口を開いた。

「お館の身体の調子も思わしくないから、ここはいったん軍を引いたらどうか」

それを聞き、頷く者がいたし、お互いに顔を見合わせる者もいた。

「それはならぬ」

と信玄が言下に否定した。

「今ここで軍を引いてはならぬ。初めの方針通りに軍を進める」

「しかしお館、お館の身体が心配です」

と声がかかった。

「かまわぬ」

信玄は言い切った。信玄には、ここで軍を引いたら再び西上の軍を起こすことはできない、という思いがあった。

「軍を進めることを考えよ」

と信玄は命じた。

「何処へ」

山県昌景が尋ねた。

「野田だ。野田の城を攻め落とす。それで徳川を封じるのだ」

信玄は答えた。

比較的簡単に軍議はすんだ。信玄は最後までその席にいた。軍議が終了したときには、疲れたような様子であった。


その前日の夜、浜松城内でも、動かない武田軍に対してどのような対策を取るか、協議をしていた。

「物見の報告によれば、武田軍には動く様子がまったく無いということです」

内藤信成が口を開いた。

「うむ」

徳川家康は頷いた。それきり何も言おうとしなかった。

「信玄が何を考えているのか、さっぱりわからぬ」

大久保忠世が呟いた。

「城を攻めるでもなし、国へ帰るでもなし、ただじっと留まったままか」

榊原康政が言った。

「あんな所にとどまる理由が何かあるのか」

忠世がまたも呟いた。

「そもそも、我らを破った後に、どうしてこの城を囲まなかったのか」

康政が問い掛けると、

「城攻めには時間がかかる。先を急いだのであろう」

と答える声があった。それに対し、康政はさらに問い掛けた。

「それならなお、分からんではないか。刑部に陣を布いたまま、五日あまりも動かぬとは」

「我らが降伏するのを待っているのかな」

ぼそりと口にする者があった。

「城を囲みもせずにか。負けているからといって、そんなに簡単に降伏すると思っているのか、信玄は」

本多忠勝が吐き捨てるように言うと、

「そうだとしたら、我らも甘く見られたものだ」

「侮るにも程があろう」

「城を囲んでから、降伏を迫るのが本当だ」

激したような叫び声があちこちからでた。

「信玄が倒れたかな」

鳥居元忠が口を開くと、

「何と」

思いがけないことを聞いたという声と、

「まさか」

という否定するような声が聞かれた。ぼそぼそと隣と話をする者もいた。

「そうであれば納得できる」

「いやそんなことはあるまい。信玄が倒れたとあれば、直ちに国へ帰るであろう」

「いやいや、倒れたといっても、少々休めば恢復するのであれば、信玄ほどの者があわてて国へ帰ることもあるまい」

「兵たちの様子はどうだ」

　家康が尋ねた。

「忍び込んだ物見の話では、こんな所にどうして留まっているのか、分からぬようです。かなりの者が正月を控えて、故郷へ帰りたがっているようです。軍規が厳しくて、表立って帰りたいというのが憚られるようです」

　信成が答えた。

「本陣はどんな様子だ」

　再び家康が尋ねた。

「静まり帰っていて何の動きもありません。信玄が病気だというようにも見えません。おかしな様子はありません。時折、信玄らしい者が山県らを引き連れて、陣中を見回っています。兵たちの話にも、信玄が倒れたと伺えるようなものはありません」

「そうか」

　とだけ家康は言った。

「問題は武田軍がいつどこへ動くのか、だ」

「信玄は本当に京を目指しているのか」

　酒井忠次がだしぬけに言った。

「もっぱらそういう噂です」

信成が応じた。

「それが本当なら、西に向かうのではないか。今さら、ここへ攻めてくることもあるまいし、国へ帰ることもあるまい」

忠次が断定した。続いて、忠世が
「すると、吉田と野田が危ないな」

と口に出した。

「そういうことだ」

「それが一番ありそうだな。忠次には吉田へ戻ってもらわなければならないな。吉田が敵の手に落ちたら、我らは孤立してしまう。吉田は守らなければならぬ。それに正月ではあるが、気を緩めないように。ここを攻めないと決まったわけではないからな」

家康が命じ、協議は終わった。

大晦日の朝、日が上がるにつれ武田軍の陣地はざわめきだし、炊煙も昇りだした。なにやら準備を始めだしたようにみえた。徳川の物見がそれを見て、浜松城に向かった。

浜松城では、物見の知らせをうけて、城内に残っていた部将が家康の前に集まり、情勢分析に入った。

「いよいよ動きだしたか」

大久保忠世が口火を切った。

「しかし、この大晦日にか。明日は元日だというのに」

呟く声が聞かれた。

「戦に正月も何もあるまい。好機が来たと思えば、いつでも戦うだけさ」

本多忠勝が喚いた。

「それはそうだがの」

と、納得しかねるように鳥居元忠が言った。

「しかしどこへ向かおうというのか。今日動くとすれば、支度が遅すぎはしないか」

忠世が訊ねると、

「ここへ来るなら遅くはないぞ。信玄のことだから、それこそ元日に動くかも知れん」

忠勝は答えた。

「忠次殿を呼び戻したらどうでしょうか」

意見がだされると、

「呼び戻さなくともよい。ここが囲まれても、忠次には外でやってもらわねばならぬことがある」

家康が切り口上で答えた。

そこへ物見からの知らせが入った。

「正月を迎える支度をしているようです」

「余裕だな。正月の用意か。我らはそれどころではないというのに」

忠世が呟くと、

「全くだ」

同意する声が聞こえた。

「我らを侮っているのだ」

憤慨する声もあった。

「羨ましいものだな」

という声もでて、ひとしきりざわめいた。

「正月といって浮かれるな。我らには正月はないと思え。警戒を厳重にし、油断するな。敵の動きに注意せよ。待つしかない」

家康が下知した。

夕刻が近づくにつれ、武田軍の動きも静まっていった。静穏のうちに大晦日の夜も過ぎていった。

野田進攻

元亀四年元日、武田の陣中では正月を祝っている様子がみられた。

浜松城内では、息を潜めるようにして、武田軍の出方を窺っていた。昼頃になっても武田軍が動きそうもないと分かってから、少しばかりの酒が振る舞われ、正月の祝いらしいことがなされた。

二日には多少動きがあった。山県三郎兵衛昌景の率いる五千の兵が隊伍を整えて浜名湖の北岸を西へ向かった。

この山県隊の動きはすぐに浜松の徳川家康に知らされた。そして、吉田の酒井忠次のもとに伝令が走った。

山県隊は、三日の午前中には国境の本坂峠を越えて三河の国に入り、吉田城の北をかすめるように通り過ぎていった。

吉田城内には、千人ほどの兵が立て篭もっていた。山県隊が峠を越える頃から次々と情報が入って来た。初めは城を囲むのではないかと、緊張して守備を固めていた。しかし、山県隊は間近まで来ながら、攻める素振りをみせずに、悠々と西に進んでいった。城兵たちは、拍子抜けするとともにほっとしたが、馬鹿にされたような気にもなった。しかも、続いて峠を越えてくる武田軍はいないという情報ももたらされた。

若い侍たちが、

「山県隊の後を追って攻撃しよう」

と酒井忠次に詰め寄った。

「馬鹿なことを言うな。千で五千に勝てるわけがない。悔しくても我慢するしかない」

と忠次は相手にしなかった。

その日は、吉田城の西にある御津という所に山県隊は陣をしいた。織田信長や家康の本拠である岡崎との連絡を断つようにして、いつでも吉田城を攻撃できる構えをとった。昌景の名で乱暴狼藉を禁ずる制札を出した。

山県隊が刑部を出発した翌日に、もう一つの部隊が北の井平に向けて動き出した。

山県隊に加えて部隊が動いたという報せが浜松城にもたらされると、城内は色めきたった。いよいよ武田軍が行動をおこしたと受け取られた。しかしその部隊は千程度の小人数でそれ以外の部隊の動きはないという報告があると、これは本隊を進める道を探る先遣隊であると受けとめた。しかも、これで浜松に来ないのは確実に思われた。

そしてまた三日間、武田軍の動きは止まった。七日になって、ようやく動きを見せた。

武田軍を見張っていた物見から浜松城に報告があった。それによれば、武田軍は部隊ごとに分かれて行動を起こしているように見える。全体としては西に向かっているが、動き始める時間や動く早さがまちまちであった。家康の下には、主だった部将が集まり、次々ともたらされる武田軍の動きを分析していた。彼らは、三方ヶ原の戦い以後の武田軍の動きに理解し難いものを感じ、じりじりした思いを抱いていた。

「これは好い機会ぞ。まとまっていては敵わないが、ばらばらになってくれれば破ることができよう。殿、出陣の準備を」

と本多平八郎忠勝が進言した。

家康は承知しなかった。すると、他の者からも出陣を促す意見が出てきた。中には、士気にも拘わるからぜひ攻撃すべきだ、という強硬な意見も出た。信玄は我らを誘い出そうとしているのではないか、と家康は思った。今度負ければ徳川は滅びる。うかつに誘いに乗るべきではない、ここは自重すべきだ、と考えていた。

鳥居元忠が、

「我らが今動かすことのできる兵力はたかが知れている。確かに敵の部隊一つぐらいは破ることができよう。しかし我らとて無傷という訳にはいかん。その傷が致命傷とならんとも限らぬ」

といさめた。

午後三時ごろに入った報告では、武田軍は動きを止め宿営の準備にかかり、浜名湖の北岸一帯に、山地と湖に挟まれた狭い地域に、部隊ごとに離れ離れに陣をしいているということであった。

それを聞いて、

「夜襲の絶好機ぞ」

と主張する者が何人もいた。しかし、家康は聞き入れなかった。

翌日、浜名湖の北岸の最も西よりにいた馬場美濃守信春の部隊が三日の山県隊の後を追うようにして、ゆっくりと本坂峠を越えて、三河に入った。残りの部隊は特に動きを見せなかった。

この馬場隊の動きを、吉田城ではじっと注視していた。さすがに、今回は攻撃を仕掛けようという意見はなかった。いよいよ武田軍による城攻めが始まるという気分が強くなった。

九日になると、浜名湖北岸に留まっていた部隊も動き始めた。その動きは大変ゆっくりだった。遠江と三河の国境にある峠、本坂峠の北にある宇利峠に小荷駄隊を中心とした部隊が向かった。その日は、峠を越えることなく、その手前で止まった。残りの部隊は、浜松からの追撃をさえぎるかのように、刑部からその北の井伊の谷に滞陣していた。そこには、武田勝頼の旗印が見られた。

十日には、小荷駄隊は、朝早くから宇利峠を越えて三河に侵入したが、越え終わったところで陣を布いた。それを馬場信春の部隊が迎えた。

宇利峠越えをする武田軍の中に騎馬姿の山田甚助もいた。遠目には信玄かと思われるような騎馬武者が、甚助の他にも何人かいた。信玄は輿に乗ったままでいた。輿はゆっくりと運ばれた。それが武田軍の進む速度を決めた。

今まで十数日も何をするというのでもなく、漫然と過ごしてきた。ややもすると、敵地にいるという緊張感も薄れかけていた。これから向かう先は、野田という小さな城であった。たしか、昨年も攻めた覚えがあった。その時は押し寄せただけで、敵は雨散霧消してしまった。それをもう一度攻めるという。しかもこの大軍で。敵の主力は、先ほどの戦いで散々に撃ち破っている。そこには、命をかける戦いに赴くという緊迫感はなかった。そんなことよりも、このまま甲斐の家族の元へ帰りたいという思いが忍び込み強くなってきた。古里は雪が積もっているだろう、妻や子供はどうしているのだろうか、肩を寄せ合って厳しい寒さをじっと耐え忍んでいるのだろう、という思いが浮かんできた。それが馬に揺られながら山道を進んでいる甚助の気持ちであった。

刑部から井伊の谷にかけて追撃を警戒して残っていた部隊も、十日に宇利峠の北の黒松峠を越えて三河に入った。こちらの進み具合はゆっくりというわけでも、急ぐというようでもなかった。こちらにも、遠目には信玄かと思われる武者の姿が見えた。

十一日の朝、野田城の前面、山際から涌くように武田軍が現われた。ひたひたと潮の満ちるようにゆっくりではあるが着実に押し寄せて、城を囲んだ。所々から煙があがるのが見えた。武田軍が社寺を焼いていた。

野田城を守っていた菅沼の家中の者たちは、三日に武田軍の一部が吉田に現われたと聞いて、ひょっとしたら敵は押し寄せてこないのではないか、という淡い期待を抱いていた。ところが、前日に武田軍が黒松峠・宇利峠を越えたという物見の報告により、その期待は泡沫のように消え、篭城して迎え撃つ覚悟を持つように迫られた。眼前に展開する武田軍を、旗印が波のようにゆれている様を見て、その数の多さに呆然としていた。そうした雰囲気を切り裂くように太鼓と貝の音が城内に鳴り響いた。

菅沼定盈は、武田軍の姿を見ると直ちに浜松の徳川家康に加藤長四郎を伝令として派遣した。長四郎は、馬に乗って武田の兵士のまだ展開していないところを縫いながら、浜松に向かった。

一方、家康も動静を探らせていた物見の報告から、武田軍が野田城に向かったことを知った。しば

らくすると、野田城から長四郎が到着して、武田軍に野田城が包囲されたことを告げた。家康は長四郎に、

「必ず救援に行くから、一日でも長く持ち堪えよ」

と言って野田に帰した。

家康は、織田信長にこの事態を知らせ、援兵を頼んだ。浜松にいる主だった者たちを集め、軍議を開いた。一同は、来るべきものが来たという気持ちで、はかばかしい意見も出なかった。それも無理はない、と家康は思った。浜松と吉田を合わせても、動員できる兵力は四、五千ほどに過ぎなかった。これでは到底武田軍と戦うことはできない、つまり野田城を救う力はない、ということがわかっていた。

「信長公は、兵を送ってくれるだろうか」

と、ぽつんと言う者がいた。

「いまさら送ってくるわけがない」

鳥居元忠が断じた。

元忠の言うとおりだと、家康は思った。信長には、信玄と正面切って戦う気持ちはない。それは、三方ヶ原のときに助勢に来た佐久間信盛らの態度をみてもわかる。武田軍と戦う気持ちがあれば、年末に刑部や祝田で武田軍が滞陣している時に兵を送ってきて、隙をつこうとしたのではないかとも思った。信長にとって今は、畿内を制し、自己の勢力下に組み入れて、足元を固めることが最も重要であった。信玄のような難敵との戦いはできるだけ避けなければならなかった。だから、救援の伝令を送ってはみたが、兵を送ってこないことは確実である、と家康は思っていた。野田どころか、吉田や

浜松が攻められても、助けにこないであろう。かえって、浜松や吉田を放棄して、岡崎まで退いて守りを固めよと言ってくるのではないかと思った。信長はこの遠江や三河を守るために犠牲を払うつもりはない、と思われた。すると、野田の兵たちは捨て殺しにするしかない、と家康にも家臣たちにも思われた。

「定盈は、城を捨てて逃げるのではないか」

という意見がでた。

「確かに昨年は一戦も交えずに逃げたからな」

と応じる声があった。

「いや、定盈はそんな臆病者ではないぞ。今までよく働いている。今回は死を覚悟していよう」

ととりなす声もあった。

「攻めるのは得意でも守りは不得手かもしれんぞ。それに今回は相手が相手だからな」

という声も聞こえた。

それを聞いて、家康は、

「定盈は、城に篭もって最後まで戦ってくれよう。武士としての意地もあるからな」

と答えた。せめて、七日、いや十日、一日でも長く持ち堪えてもらいたいものだと思っていた。

野田城は、豊川右岸の東側に張り出した舌状台地にあるため、三方は十数メートルほどの崖となっていた。南北に龍淵と桑淵の二つの淵があり、西側が台地に連なっていて、そこが大手であった。大手から東に三の丸、二の丸、本丸と続いていた。二の丸と本丸の間は空掘となっていて、土橋で結ばれていた。

　野田城内には、徳川家康から援軍として派遣された松平忠正・設楽貞通の兵を合わせて、四百余人しか居なかった。この兵力で二万五千人もの武田勢に対抗しなければならなかった。

　武田軍では、大手からの攻撃には武田勝頼と信豊があたることになった。野田城の南よりにやや離れて、吉田城からの救援を防ぐように馬場信春と山県昌景の部隊が布陣した。残りの部隊は、野田城の周囲を水ももらさぬように取り巻いた。

　武田軍が城をほぼ囲み終わる頃、城中から物見が六騎出た。六騎が巡視していると、徳川の陣からも騎馬武者が出て追い始めた。六騎は二手に分れて逃げた。その一方に追手の一騎が追いついて、組み打ちになったが、仲間の助けもあり物見は追手を討ち逃げることができた。その追手は山家三方衆の家来であったという。他方の三騎も、矢を射掛けられながらも敵の間を縫って城に逃げ込むことができた。城に入るとき、山家三方衆の兵が追いかけてきたので、城からも突き出て乱戦になった。城から討ってでた兵たちのうち、何人かの者は突出しすぎて敵に囲まれ討ち死にした。

　物見が追いまわされているのを、城内の兵たちも固唾を呑んで見ていた。無事に逃げ込むと、歓声がわいた。そのざわめきがおさまってくると、しだいに重苦しい空気が広がってきた。圧倒的な敵に囲まれもはや逃げることができない、死を賭して戦うしかない、という思いが兵士たちの胸に実感として迫ってきた。彼らの表情はこわばってきた。静寂の中を、突然場違いな笑い声が起きた。無理に笑い声を出しているように聞こえた。

深夜、瀬を流れる音に混じって水をはねる音が、豊川を警戒していた武田の見張りの耳に入った。見張りが川面をじっと見ると、暗がりを音のしないように渡ってくる騎馬の侍の姿が現われた。見張りは、矢を射掛けると同時に呼子を吹いた。侍も矢を射返したが、たちまちのうちに武田の兵に囲まれ討たれた。その侍は、加藤長四郎であった。

囲まれた翌日の朝早く、まだ明けないうちから、菅沼定盈はじりじりしながら櫓の上で、東側に流れている豊川から城にかけて囲んでいる武田勢の様子を見ていた。もう戻ってきてもよいはずの加藤長四郎がまだであった。敵に捕まったのか、殺されたのか、浜松には辿り着いたのかそれともできなかったのか。その一方で、浜松の方も物見を出していようから、野田の様子は家康には分かっていよう、とも思っていた。しかし、どのように考えようと、苛立ちはおさまらなかった。

そうこうしているうちに、村松芳休が櫓に上ってきて、武田勢の様子を眺め始めた。

「芳休殿は、どうして城を出られなかったのか。今となっては遅すぎる。このように城を囲まれた後では、抜け出ることは難しいですぞ。芳休殿ほどの笛の名人であれば、城を出ても困ることはあるまい。だが、このまま城にいては命が危ない」

と定盈が話しかけた。

「どうしてでしょうな。こうなってしまっては、抜け出ることは難しいでしょう。命が惜しければ、もっと早く出なければいけなかったのですが。まあ、私が変わり者だからかもしれません。城にいたほうが面白いことに出会えそうに思いましてな。武田がどう動くのか、信玄は何を考えているのか、この城がどうなるのか、もっと知りたいと思っているうちにこんなことになってしまいました。これも運命ですかな」

と芳休は応じた。

「しかし、命をかけるほどのことでもあるまい。それとも命をかけてまでも知らなくてはならない事情でもおありなのかな」

「いやいやただの好奇心ですよ」

「芳休殿は伊勢の生まれでしたな。たしか、織田家の滝川一益殿が伊勢を支配しておられたと思うが。滝川殿をご存知かな」

芳休の表情に一瞬狼狽の気が浮かんだように見えた。

「信長公とて、信玄の動向は気になるでしょうな。それも、現場で掴んだ情報がお望みではないのかな。滝川殿はそのほうの専門家といううわさだが」

と定盈は続けた。

「いやいや、私は、旅から旅へとさ迷い歩く一介の笛吹きに過ぎません。どこで命を落とすかもしれません。それも運命とあきらめています」

と芳休は答えた。

定盈は自分に言い聞かせるように言った。

「我らはこの土地に生きる者。土地を離れては生きていくことはできぬ。たとえ大軍で攻められても、土地を放り出して逃げるわけにはいかぬ」

すると、芳休も同じように言った。

「私はあちこち放浪して生きています。呼んでくれる者があれば、どこへでも出掛けて笛を吹きます。一ヶ所にじっとしていては、食べていくことができません。それに今の時代、どこであっても危険があります。旅先で、怪しいやつと疑われてその土地の者に殺されるかも知れませんし、野盗に襲われるかもしれません。ですが、農民のように土地にしがみついていても、大軍が押し寄せてきて、田畑は荒らされ、命をとられるかもしれません。どのみち危険であるなら、自分の性にあった生き方をしたいと思います。放浪しながら、行く先々で楽しんでいきたいと思っています。いつ死んでもよいように」

突然、大手門の方から貝や鉦の音とともに鯨波の声が沸き起こった。

「来たか」

と、叫ぶと同時に定盈は駆け出していた。それまで静かであった周囲も喚き声や足音、武具の触れ合う音などで騒然としだした。芳休はそこにとり残された。

大手門に武田勝頼の部隊が攻め寄せてきた。こんな小城なんかは一気に踏み潰せるかのように。それに対し、城内から弓鉄砲を射かけると、武田勢はすっと兵を引いた。

城内の兵たちは拍子抜けした。彼らは、いよいよ生死をかけた戦いが始まった、と緊張した。ところが敵は、抵抗の意思表示を見ただけで退いてしまった。安堵感とともに、緊張の糸が緩んでしまった。

そのまま時が過ぎ、正午をまわると、再び武田軍が城のまわりに姿を現わした。鉄砲を混ぜながら、矢を城内に射ってきた。大手門には、矢を射かけながら騎馬を含んだ歩兵が突進してきた。今回は城内からの弓鉄砲に対しても、ひるむことなくそのまま突き進んできた。城内からも槍をそろえて迎え撃った。大手門前で、一進一退の攻防がしばらく続いた。城内からひときわ大きな鉄砲の音がすると、崩れるように武田軍は引いていった。それを若い腕自慢の侍を中心とした一団が追った。敵陣から太鼓の音が聞こえると、追っ手を包むかのように新手の武田軍が押し寄せてきた。追っ手のうち、城内に逃げ帰ることのできた者もいるが、討たれる者もいた。この新手に対しても同じような攻防が大手門前で繰り返された。この日は、そのまま終わった。

その夜、定盈は富安十良太夫を浜松に遣わした。加藤長四郎のときは武田軍がまだ充分に展開していなかったため、馬で抜けることができたが、今はとてもではないが無理なので、十良太夫は徒歩で暗闇にまぎれて密かに忍び出た。十良太夫は、家康に城内と武田軍の様子を報告し、返答を得て帰途についた。途中笠頭山から包囲の状況を見ると、幾重となく敵に取り囲まれていて、野田城まで戻るのは無理に思えたため、烽火をあげて使命を果たしたことを知らせた。

野田から二度目の伝令を帰した後、家康は行動を起こした。信長からの返事はまだなかったが、それを待つわけにはいかないと思った。しかもその返事には期待できなかった。かといって、このまま放っておくわけには行かない、野田を見殺しにすることはできない、と考えていた。あまり日を置かないうちに、野田城内の兵たちを励ますような行動を起こす必要があった。

家康は吉田城に移った。夜半すぎ、三百程の兵を率いて野田に向かい、野田城の東にある笠頭山に登った。日が昇るとともに馬印や旗を掲げた。家康は、城を囲んでいる武田軍の布陣をじっと見詰めていた。さすがに隙はなかった。四千や五千の兵力では、包囲網を破ることなどできそうにもなかった。日が高くなると、武田の陣に動きがでてきた。どうやら気づかれたらしい、これ以上は危険だと判断し、家康は退却を命じた。

　野田城内でも、夜が明けるとすぐ、見張りが笠頭山の頂上に徳川の馬印や旗が翻っていることに気づいた。直ちに全員に知らされた。歓声が沸き起こった。家康殿は、我々を見捨てていない、というのがみんなの気持ちだった。これで助かるという期待をもつものもいた。二、三時間もすると、馬印と旗が消えた。やはり駄目なのか、と落胆する者がいた。それでも、まだ見捨てられてはいない、絶望するには早すぎる、という気持ちを兵士たちは持つことができた。


　野田城が武田軍に囲まれてから十日が過ぎた。囲まれた当初は、腕に覚えのある者が、敵を深追いして逆に討たれるということがあった。これは、囲まれたことによる圧迫感からくる恐怖心が、そのように駆り立てた。しかし、今は落ち着きを取り戻し、無謀に深追いするということもなくなった。そういう意味では、均衡のとれた攻防になり、犠牲者も少なくなっている。

　村松芳休は城の中をゆっくりと歩いていた。兵たちは、大軍に囲まれているにもかかわらず、落ち着いた様子で、表情にはゆとりがあった。

「芳休殿」

と声をかけられた。声のした方を見ると、鳥居三佐衛門が近寄ってきた。

「芳休殿、どうかな」

「どうかな、とは」

「武田軍のことよ」

「三佐殿はどう思われる。実際に戦ってみて」

「弱いということはないが、噂ほどのこともないな」

「では、勝てますかな」

「そんな訳にはいかん。敵の数が多すぎる。二、三千ならともかく。じっくり構えられたら、手も足もでん。いつまでもつことができるか。その間に助けがあればいいのだが。それも難しかろう」

「三佐殿自慢の大鉄砲の威力はどうですか」

「うむ、効き目があった。最初敵が大手に押し寄せてきたとき、ぶっ放したら、敵は吃驚して逃げおった。だがな、それをいいことに敵を追った若い者が、逆に討たれてしまった。戦場では、臆病になってはいかんが、必要以上に勇んでも命を落とす」

「その大鉄砲で、信玄をしとめたらどうです」

「そうだな、敵の総大将を撃ち殺せば、勝てるかもしれん」

そこへ菅沼定盈が通りかかった。芳休が定盈に話しかけた。

「すでに武田軍が城を囲んで十日になりますな」

「七日もち堪えよ、と正月にお館から命じられた。その時は、七日も出来るか自信がなかった。しかし今となれば、もう十日程度なら、もち堪えられると思う」

「それはまた、どうしてですか」

「武田の攻めに迫力というか、威圧感がない。この程度であれば、まだまだ耐えることができよう。昨年野田に攻めてきたときなどは、恐ろしくて、体面を装って逃げるのが精一杯だった。今年は、覚悟ができているのかも知れないが。それにしても、三方ヶ原で織田軍と我が軍を一蹴した迫力はない」

「城攻めは難しいと言いますが、そのせいではないですか」

「それもあるかもしれんが、それにしても恐れていたほどではないわ。浜名湖の北でうろうろしているうちに、戦の神に見放されたのかもしれんな」

「今、三佐殿と話していたのですが、あの大鉄砲で信玄を仕留められないかと」

「あれは普通の鉄砲よりも弾が遠くまで飛ぶが、あの慎重な信玄が弾の届く範囲まで来るとは思えん。城からの鉄砲に当たるようなところへ、のこのこ姿をあらわすほど、軽率だとは思えん」

「そうですね。そんなに軽率では、総大将の資格がないですな。それに、もともと信玄は慎重だということですから」

　芳休に話したように、囲まれる前は何とか七日か十日もち堪えたいと定盈は思っていた。しかも、できるという確信はまったくなかった。実際に耐えることができてみると、余裕ができたのか、武田勢には攻撃の迫力が今ひとつのように感じられた。何としても城を落とそうという必死さが欠けているように思えた。それは、刑部で意味もなく十日近くも滞陣していたことからきているのではないか。そのため、兵たちの胸に無事に帰りたいという望郷の念が萌してきているのではないか、命をかけてまで敵と戦おうという気持ちが失せているのではないか、と定盈は思った。そこに一筋の光明を見出す思いであった。

　晴れわたった夜空に星がきらめき、凍てつく寒気が満ちていた。その寒気を切り裂くように笛の音が響いてきた。時に強く、時に弱く、また高く低く。兵たちは、城の内に居るものも、外で囲んでいるものも、それぞれの思いを胸に秘め、笛の音に耳を傾けていた。どこか遠くを見ているかのような表情をしている者、涙を浮かべている者、顔を伏せたまま身じろぎもしない者、物思いに沈んでいる者、さまざまであった。その中に山田甚助もいた。この笛の音は、野田城が囲まれてから毎夜毎夜響いてきた。

甚助は影武者になりたくてなったのではない。自分と家族が飢えずに無事に暮らしていけるように、少しでも生活が楽になればよいと思っていただけである。そのために徴用を拒否するわけにはいかなかったし、影武者になることも承知した。そんな甚助であったから、戦場に出ることも気が進まなかったし、ましてや手柄を立てることなど思いも及ばなかった。今回の遠征で、徳川家康を破り、織田信長を倒し、お館様が天下の主になるという話を耳にしても、何か他人事のような気がしていた。今も夜空に響き渡る笛の調べを聞きながら、ただ故郷の家族のことを思い、早く家族の元に帰れるよう願っていた。

このかすかに聞こえてくる笛の音を床の中で聞きいっている者がいま独りいた。武田信玄である。信玄は悟っていた。もはや死から逃れられぬことを。最後が近いことを。今も床に横たわっていると、さまざまな思いが浮かんでくるのであった。

この遠征の初めには、まだ自分の体は耐えることができると思っていた。この機会を逃がすと、西上するのは無理であろうとも思っていた。実際には、遠江に侵攻してからは悪化と回復を繰り返しながらも健康状態はしだいしだいに悪くなり、床につくことが多くなってきた。三方ヶ原の戦い以後は明らかに遠征を続けるのが無理な状態であった。それを、何とか野田城を囲んでいるのであった。今や、自分が死んだ後の武田家のことを考えざるを得なかった。

早急に軍を引くことはできなかった。城を落とさないままで。そのようなことをすれば、徳川、織田、さらには上杉、北条などが、武田軍内に異変が起きていると疑うであろう。わしが死んだ、いや死ななくとも病に倒れて動けぬとあれば、彼らは小躍りすることであろう。如何にして我が領土を自らの物にするか、行動を起こそう。武田の滅亡に繋がることは避けなければならない。少なくともここは、城を落として形を作らなければ甲斐に帰ることはできぬ。

城を落とした後どうするか。甲斐へ戻り国の守りを固めなければならぬ。我が孫、信勝はまだ幼い。ここは勝頼を中心として山県昌景、馬場信春らの重臣が支えるよう体制を整え、遠征も必要最小限に抑え、国力を充実し、敵の侵略に備えなければならない。そのためには、我が死もできるだけ隠す必要があろう。

我が死とともに上洛の夢は潰えよう。現時点では、武田と織田では、支配する国土の大きさが違う。単純に国土の大きさから推し量れば、織田は我らの倍の兵力を動員できよう。ただ、さまざまな情報から判断して、織田はその国土を完全に支配下に置いているとはいえないようだ。隙あらば反旗を翻そうという勢力もかなり残っている。周囲には朝倉、本願寺を始めとした反織田勢もいる。室町の将軍そのものが織田を除きたがっている。これらを統合すれば織田信長を倒すことも難しくはない。それを実現できるものは信玄以外にはいない。そのための工作もこの数年行ってきた。その集大成としてこの遠征を起こしたが、病により今やその夢が消えようとしている。信玄は無念でならなかった。

夢を、残された勝頼、昌景、信春らに託すことができようか。否である。信玄がいなくては、将軍、朝倉、本願寺らは信用しない、力を貸さないであろう。つまり、反織田勢を糾合することはできない。恐らく、武田軍は孤立し、織田軍に破れるであろう。

武田軍の将兵の多くは、こんな小城は、すぐ落とせると楽観していた。それは前年の経験が影響してもいた。戦いもしないで逃げ出した者が、生意気に城に篭もって、われらを迎え撃とうとしている。しばらく攻め立てれば、降伏してくると侮ってもいた。それが、十日も経つが、まったく落ちる気配がなかった。しかも、攻撃がどうもちぐはぐでうまくいかない。ただ、何となく攻めているという感じであった。このままではまずいという気持ちが出てきた。力攻めをするか、それとも。

軍議が開かれ、水の手を断つことになった。その軍議には信玄は出ていなかった。

水の手を断つためには、淵を渡って、城の崖を外から井戸に向かって穴を掘らなければならない。城方も、警備を厳重にしていて、淵を渡ろうとする者には、矢玉が集中した。簡単には渡れそうもない状況であった。

ある日、暗くなるにつれ、雨が激しくなり、風も強く吹いてきて、樹木の枝も折れるほどであった。そのとき警備をしていたのは、定盈の一族の菅沼加賀守であった。日ごろは剛毅で腕自慢の者であり、これまでも数々の手柄を立てていた。大手門に押し寄せてきた武田勢を、先頭に立って迎え撃ち、何度も防いだ。仲間を激励する意味もあってか、

「武田軍は大したことはない。弱虫だ。この程度の攻撃では、俺たちはびくともせんぞ。奴らに城を

落とすことはできん」

と触れ回っていた。そんな加賀守でも、このように激しい風雨の中をまさか攻めてこないであろうと油断して、酒を飲んで寝入ってしまった。

武田勢は、この荒れた天候を好機ととらえた。金掘り人足、足軽を多数投入して淵を渡り、城の崖に穴を掘り進め井戸を抑えた。その一方で、塀櫓を掘り崩し、城内に乱入した。

城中では、大混乱に陥ったが、城兵が必死に防いで、ともかくも乱入した敵を城外に退かせることができた。しかし井戸は破壊され、この後水に苦しむことになる。

信玄は、水の手を断ったという報告を聞いて、

「そうか」

とだけ応えた。城が落ちるのも間近いな、と思った。

その夜、信玄は夢を見ていた。

美濃で、武田軍は織田軍の主力と戦闘の最中であった。武田軍の鋭い攻撃の前に、織田軍は崩れ始めた。信玄が旗本とともに織田の本陣に攻め込むと、信長が逃げるのが目に入った。信長の後姿を信玄は必死になって追った。ふと気づくと、信玄は一人だけ薄闇の中を馬で走っていた。前方のほの明るさのなかに人の姿が現れた。それは織田信長であった。目には冷たい光をおび、小馬鹿にするような笑みを浮かべ、平時の装いで。信玄は硬直して動けなくなった。冷や汗が吹き出てきた。

そこで信玄は目を覚ました。

吉田城にいる徳川家康のところにも、物見からの報告があった。

「一部崖と塀が崩され、敵の乱入があったということです。乱入は何とか防いで、敵は城の外に押し出したが、水の手を断たれた、ということです」

と内藤信成が伝えた。

「そうか、水の手を断たれたか。長くはないな。よくもってくれた。十日ももち堪えてくれれば上出来と思っていたが」

と家康は答えた。

「一日とは思わなんだが。二、三日か、それとも五日か、と思っていたが。二十日ほども守っているからな」

と酒井忠次が応じた。

「とうとう助けられなかったな。定盈しだいだが、仕方ないか」

と家康は続けた。

「信長公は、救援を送ってきませんでしたな」

と、口をさしはさんだ者がいた。

「仕方あるまい。信長公にとっては、野田のような小城一つにかまっている余裕があるまい。それどころか、我らが浜松や吉田にいることさえ気に入らないのだろう」

と家康は話した。

「それはどういうことで」

と聞く者がいた。

「信長公は、我らが岡崎に戻って守りを固めるのを望んでいる。その方が都合が良いと思っている」

「そうしたら、遠江はどうなる。せっかく苦労して手に入れたものを」

と、そこにいる者たちがざわめきだした。

「信玄の様子はどうだ」

と鳥居元忠が尋ねると、座は静まった。

「しかとは分かりませぬ。信玄らしい武者が陣中を見回っています。信玄には影武者がいるといいますし、弟の信廉、それに穴山信君もそっくりですから。ただ、本陣は妙に静まっていて、生気がないようにもみえるということです。陣全体に覇気が欠けているようだし、また統制に乱れがあるようです」

と内藤信成は答えた。それを聞いて、家康は
「そうか」

とだけ言って考え込んだ。


水の手を断たれても、城内ではすぐには水に困らなかった。それは、淵に囲まれていることからもわかるように、湧き水などもあり水が豊富な土地であったから。ただそうはいっても、四百もの兵にとっては、十分とはいえなかった。しばらくもち堪えることができるに過ぎなかった。

武田軍では、そうした事情はよくわかっていないため、水の手を断ったからには、数日もすれば音をあげるだろうとみていた。しかしそうはならなかった。不審に思い調べてみると、城内の兵に水を

売っている者がいた。その量は城内の兵たちにとっては、それこそわずかで、いっときの渇きをいやすのみであった。しかし、武田軍の主だった者たちにとっては、衝撃的であり、軍規の緩みを思い知らされた。

野田城を包囲してからも、山田甚助は馬に乗り、山県昌景などと共に見回りにでた。甚助の目には、兵士たちに戦おうとする意欲がないように映った。供の足軽が聞いてきたところによれば、足軽たちは、こんな小城をどうして攻めるのか、放っといてもよいではないか、こんなことで怪我をしてもつまらない、と噂しているということであった。兵たちの間には、厭戦気分が広がっているようであった。それだけに、敵に水を売っていると聞いても、当然のような気がした。それも、お館が病気のせいではないかと思った。信玄が病気であるということは伏せられていたが、本陣の雰囲気、重臣たちの動きから、それを確信していた。しかし、それを少しでも洩らすわけにはいかなかった。洩らせば、手打ちにされることも確実であった。甚助自身、ずっと重苦しい気分が続いていて、ただ望郷の念だけが募ってきた。

木枯しが強く吹き、触れるものを凍らせるかのような冷気が突き進んできた。夜空を吹きすさぶ風の音、旗や幕が煽られて出す音、建物を揺さぶる音、それらを伴奏にして芳休の吹く笛を聞きながら、菅沼定盈は決断を迫られていた。城兵は、水の手を断たれて以来、喉の渇きに悩まされていた。城に水がないわけではない。しかしその水は、血が混じり、腐りかけた死体の浮かんでいる水であった。そうした水を飲んで、下痢をしたり、高熱を発する者も現れた。明らかに士気に影響がでてきた。これが限界かなと思っていた。これ以上無理をすれば、全滅するしかないところにきていると思った。始めは七日もてばよいと思ったが、それが一ヶ月になろうとする。よくもち堪えたものだと思う。その間、徳川や織田からの救いの手は差し伸べられなかった。囲まれた当初は、援軍が来るまでは、という期待があったが、今となってはその灯も消えた。これ以上、いくら待っても援軍はこないだろう。味方、徳川や織田の家中の者たちに対しては、意地を示すことができたし、義理も十分に果たすことができたと思った。それよりも、いま自分の命を敵に差し出せば、多くの城にいる者たちが救われるのではないか、という気がしていた。

同じ頃、武田軍では軍議が開かれた。信玄はその場にいなかった。

そこでは、

「ここまできたのだから、降伏など認めずに踏み潰してしまえ」

という強硬な意見もないではなかった。

武田信廉、山県昌景、馬場信春といった主だった部将の間では、信玄の病状が悪くなっており、命の危険すらあるということが分かっていた。陣中で信玄が亡くなるという事態を避けるためにも、名分が立つなら、包囲を解いて引き上げたほうが良いという意見がその場を圧倒した。以前から頼まれていたことだが、山家三方衆の人質との交換を条件とすることになった。

信玄に伺いをたてると、それでよいという返事であった。

山家三方衆は、武田に服する前は徳川に属していた。徳川に忠誠を誓う証に、彼らは家康に人質を差し出していた。その人質がまだ処刑されずに浜松に囚われていた。彼らは、野田城を囲んでから、人質を助け出してくれるように、信廉や重臣たちに頼んでいた。

「このようなものが射込まれました」

と、定盈のところに見回りの兵が矢文を持ってきた。それは山家三方衆からのもので、

「降伏して城を明け渡せば、山家三方衆の人質と交換に命を助ける」

とあった。

定盈はそれを見て考え込んだ。この内容をどこまで信ずることができるのか。信玄はこの内容を承知しているのか。山家三方衆が自分たちの人質の命惜しさに勝手にやっているのではないか。城を出たとたん、皆殺しにあうのではないか。さまざまな思いが駆け巡った。しかも、このまま篭城を続けても、助かる見込みはほとんどない。最後には、苦しみながら皆討ち死にするしかない。ここまできたからには、城に残っている者が助かる見込みが少しでもあるなら、それに賭けるしかない、という結論に至った。

そうはいっても、人質との交換については定盈の判断できる問題ではなかった。定盈は、城内にいた能満寺の住持竜公記室を使いとして浜松に送った。

家康は、記室の報告を聞いてやむをえないと判断し、人質との交換も承知した。

家康の許可を得て、記室は山家三方衆に、

「城は開け渡す。定盈一人の切腹と引き換えに城中の者すべての命を助けよ」

と申し送った。

武田方では、定盈からの返事を受けて、信玄にはかると、

「定盈は良く戦った。切腹させるには惜しい。城の開け渡しと人質の交換でよい」

ということであった。

そこで、山家三方衆は万福寺の住持祖玉和尚を使いに立て、

「定盈は切腹をするには及ばぬ。城中の者全員城を出よ。我らの人質と交換する」

と伝えた。


鳥居三佐衛門が誰かを探すように歩いてきた。村松芳休を見つけると話し掛けた。

「芳休殿、おもしろいことを聞いた。信玄が、お主の笛に誘われて、堀端まで毎晩来ているというのだ」

「まさか」

「確かではないが、信玄に似た侍が来ているのかもしれない。そこで、今夜調べてみて、大鉄砲の威力を試してみようと思う」

「面白いことになりそうですな。しかし、今和平の話が進んでいるようですが、そんなことをして大丈夫ですかな」

「影響あるまい。殿には内緒だがな」

城を開け渡すと決まったその宵、三佐衛門が芳休に言った。

「今夜頼むぞ。最後だ」

「いよいよやりますか」

「うむ。昨夜確かめておいた。確かに信玄らしい者が来ている。位置もわかったし、十分弾も届く。

もう、大鉄砲の狙いを定めておいた」

「そうですか。今夜は心をこめて笛を吹きましょう」

月があがると、笛の音が流れ始めた。満月に近い明るさだった。城の内や外にいる兵士たち皆がすでに知っていた。明日は城が落ちる日だと。それだけに笛の音はひときわ哀切に響いて、胸の中に静かに染み込んできた。目に涙を浮かべているものが多くいた。その中に山田甚助がいた。堀端に、数人の侍たちと一緒に、月の光に照らされて。

ズドン、と大きな銃声がした。

甚助が崩れるように倒れた。侍たちが慌てて駆け寄ると、甚助の胸から血が流れ落ちた。侍たちは、甚助を抱えて引き揚げていった。

その後も笛の音は、ささやくかのように、泣くかのように夜空を流れた。

定盈も城内で流れてくる笛の音を聞いていた。定盈の胸には、この一ヶ月の篭城のことが繰り返し繰り返し浮かんできた。銃声が聞こえてきたときには、一瞬はっとしたが、その場を動こうとしなかった。そのまま思いの中に沈んでいった。

翌二月十日、菅沼新八郎定盈は城を開いた。定盈は信玄と対面し、

「大軍を相手によく戦った」

と感賞の詞を受けた。その際、鉄砲の上手はいるかと聞かれ、鳥居三佐衛門を紹介し大鉄砲を見せたといわれている。

武田方と徳川方とでさらに交渉が進められ、山家三方衆の人質と交換に定盈は徳川方に引き渡され

た。その間に、武田に帰属しないか、と勧められたが、定盈はそれを拒絶した。

野田城が開城された時、信玄はすでに鳳来寺に向かっていた。鳳来寺で一ヶ月近く療養していたが、病状は恢復しなかった。そこで、甲斐に戻ることになり、その途中四月十二日、信州の駒場で没した。臨終に際して、遺言を二つ残した。一つは、

「家督は勝頼の長子信勝に譲る。十六歳になったとき正式に継がせよ。それまでは勝頼が陣代である」

というもので、いま一つは、

「我が死を三年秘せよ。三年後の命日に、遺骸を諏訪湖に沈めよ」というものであった。

また息を引き取る間際に、

「三郎兵衛、明日は勢田に風林火山の旗を立てよ」

と命じたという。

山田甚助は鉄砲で撃たれた。即死したのか、しばらくは生きていたのかわからない。葬られた所もわからない。ひょっとしたら、傷を負っただけで済んだのかもしれない。確かなことは、甚助が故郷の妻や子供、家族のところに帰ってこなかったということだけである。

著者　杜　悠史（もり・ゆうじ）
愛知県在住。
定年退職後歴史小説を書き始める。

信玄《しんげん》、西上《さいじょう》す

平成二十七年六月一日　初版第一刷

著　者　杜　悠史
発行者　伊藤太文
発行所　株式会社　叢文社
〒一一二―〇〇一四
東京都文京区関口一―四七―一二
電話　〇三（三五一三）五二八五

印　刷　モリモト印刷株式会社

定価はカバーに表示してあります。
乱丁・落丁についてはお取り替えいたします。
© Uuji Mori
2015 Printed in Japan.
ISBN978-4-7947-0736-9
本書の全部または一部を無断で複写複製（コピー）することは、著作権法上での例外を除き、禁じられています。